浙江师范大学非洲研究文库
非洲人文经典译丛
总 主 编 洪 明 刘鸿武
副总主编 胡美馨 汪 琳

饥饿之屋

The House of Hunger

Dambudzo Marechera

[津巴布韦] 丹布达佐·马瑞彻拉 著

赵 玥 译

浙江工商大学出版社 杭州
ZHEJIANG GONGSHANG UNIVERSITY PRESS

图字:11-2018-296号

图书在版编目(CIP)数据

饥饿之屋 / (津巴)丹布达佐·马瑞彻拉著;赵玥译. —杭州:浙江工商大学出版社, 2019.5(2020.12重印)

(非洲人文经典译丛 / 洪明, 刘鸿武主编)

书名原文:The House of Hunger

ISBN 978-7-5178-3015-3

Ⅰ. ①饥… Ⅱ. ①丹… ②赵… Ⅲ. ①文学—作品综合集—津巴布韦—现代 Ⅳ. ①I475.15

中国版本图书馆 CIP 数据核字(2018)第244739号

饥饿之屋
JI'E ZHI WU
[津巴布韦] 丹布达佐·马瑞彻拉 著
赵 玥 译

出 品 人	鲍观明
策划编辑	姚 媛
责任编辑	张莉娅
封面设计	林朦朦
封面插画	张儒赫 周学敏
责任印制	包建辉
出版发行	浙江工商大学出版社
	(杭州市教工路198号 邮政编码310012)
	(E-mail: zjgsupress@163.com)
	(网址:http://www.zjgsupress.com)
	电话:0571-88904980,88831806(传真)
排 版	杭州朝曦图文设计有限公司
印 刷	杭州高腾印务有限公司
开 本	880mm×1230mm 1/32
印 张	6.625
字 数	123千
版 印 次	2019年5月第1版 2020年12月第2次印刷
书 号	ISBN 978-7-5178-3015-3
定 价	35.00元

本书的版权购买和翻译出版获浙江师范大学外国语学院学科建设经费、浙江省"2011协同创新中心"非洲研究与中非合作协同创新中心支持。

总　序

　　非洲文学作为世界文学的重要组成部分，既拥有灿烂的口头文明，又不乏杰出的书面文学，是非洲不同群体的集体欲望与自我想象的凝结。非洲是个多民族地区，每个民族都有自己的语言。仅西非的主要语言就多达100多种，各地土语尚未包括在内。其中绝大多数语言没有形成书面形式，非洲口头文学通过民众和职业演唱艺人"格里奥"世代相传，内容包罗万象，涵盖神话传说、寓言童话、民间故事、历史传说等，直到今天依然保持活力。学界一般认为非洲现代文学诞生于19世纪末20世纪初，五六十年代臻于成熟，七八十年代形成百花齐放的局面，迎来了非洲文学繁荣期。这一时期的一大特点是欧洲语言（英语、法语、葡萄牙语等）与非洲本土语言（阿拉伯语、斯瓦希里语、豪萨语、阿非利卡语、奔巴语、修纳语、默里纳语、克里奥尔语等）文学并存，有的作家同时用两种语言写作。用欧洲语言写作是为了让世界听到非洲的声音,用本土语言写作是为了继承和发扬非洲本土文化。无论使用何种语言创作,非洲的知识分子奋笔疾书,向世界读者展现属于非洲人民自己的生活、文化与斗争。研究非洲文学,就是去认识非洲人民的生活历程、生命体验、情感结构,认识西方文化的镜像投射,认识第三世界文学、东方文学等世界经验的个体表述。

20世纪末,世界各地的图书出版业推出各区域、各语种"最伟大的100本书",如美国现代文库曾推出"20世纪最伟大的100部英语作品",但是其中仅3部为非裔美国人所创作,且没有一位来自非洲本土。即便是获得20世纪诺贝尔文学奖的非洲作家也榜上无名。在过去百年中,非洲作家用不同的语言,以不同的形式和风格,创作了不同主题的作品。尽管这些作品被翻译成多种语言在世界各国出版,但世界对于非洲文学的独创性及其作品仍是认知寥寥,遑论予其应有的认可。在此背景下,在出生于肯尼亚、现任纽约州立大学宾汉姆顿分校全球文化研究所所长的阿里·马兹瑞(Ali Mazrui)教授的推动下,评选"20世纪非洲百部经典"的计划顺势而出。津巴布韦国际书展与非洲出版网络、泛非书商联盟、泛非作家联盟合作,由来自13个非洲国家的16名文学研究专家组成的评委会从1521部提名作品中精选出"百部"经典,于2002年在加纳公布了最终名单。这可以说是迄今为止最权威的、由非洲人自己评选出来的非洲经典作品名单。

　　细读这一"百部"名单，我们发现其中译成中文的作品只有20余部，其中6部为诺贝尔文学奖获得者所著，11部在20世纪80年代（含）之前出版。许多在非洲极具影响力的作家不为中国读者所知，其作品没有中文译本，也没有相关研究成果。相对欧美文学、东亚文学，甚至南美文学，非洲文学在我国的译介与传播远远不足。

　　非洲文学在我国的译介历史可追溯至晚清，但直到20世纪50年代才真正起步。这既有文化方面的原因，也有政治方面的原因。非洲虽然拥有悠久的口头文学历史，但书面文学直到殖民文化普及才得以大量面世。书面文学起步晚，成熟自然也晚，在我国的译介则更晚。中华人民共和国成立以后，非洲国家逐渐摆脱殖民枷锁，中非国家建交与领导人互访等外交往来带动了上世纪五六十年代的非洲文学翻译热潮。当时译入的大部分作品是揭露殖民者罪恶的反殖民小说或者诗歌，这和我国当时的意识形态宣传需求紧密相关。70年代出现了一段沉寂。自80年代起，非洲数位作家获诺贝尔奖、布克奖、龚古尔奖等国际文学奖，此后，非洲英语文学、埃及文学逐渐成为非洲文学译介的重心。进入90年代以来，我国学界开始从真正意义上关注非洲文学的自身表现力，关注非洲作家如何表达非洲人民在文化身份、种族隔离、两性关系、婚姻与家庭等方面的诉求。非洲文学研究渐有增长，但非洲文学译介却始终不温不火，甚至出现近30年间仅有2部非洲法语文学中译本的奇特现象。此外，我国的非洲文学译介所涉及的语种也不均衡。英语、阿拉伯语文学的译介多于法语、葡语文学，受非洲土语人才缺乏的局限，我国鲜有非洲本土语言创作的作品译本。因此，尽管非洲文学进入中国已有数十年，读者对其仍较为陌生，"非洲文学之父"阿契贝在我国的知名度也远不及拉美的马尔克斯、博尔赫斯。

不了解非洲文学，就无法深入理解非洲文化，无法深入开展中非文化交流。2015年初，浙江师范大学外国语学院策划了"20世纪非洲百部经典"译介工程，并计划经由翻译工作，深入解读文本，开辟"非洲文学研究"这一新的学科发展方向。经过认真研讨、论证，学院很快成立了"非洲人文经典译丛学术组"，协同我校非洲研究院，联合国内其他高校与研究机构，组织精干力量，着手设计非洲人文经典作品的译介与研究方案。学院决定首先组织力量围绕"20世纪非洲百部经典"撰写作家作品综述集，同时，邀请国内外学者开办非洲文学研究论坛，引导学术组成员开展非洲经典研读，为译介与研究工作打好基础。

2016年5月，由我院鲍秀文教授、汪琳博士主编的近33万字的《20世纪非洲名家名著导论》出版。这是30余位学者近一年协同攻关的集体智慧结晶，集中介绍了14个非洲国家的30位作家，涉及文学、社会学、人类学、民俗学、哲学等领域。同年5月，学院主办了以"从传统到未来：在文学世界里认识非洲"为主题的

"2016全国非洲文学研究高端论坛"，60余名中外代表参会。在本次会议上，我们成立了"浙江师范大学非洲文学研究中心"——这也是国内高校第一个专门从事非洲文学研究的研究机构。中心成员包括校内外对非洲文学研究有浓厚兴趣且在该领域发表过文章或出版过译作的40余位教师，聘任国内外10位专家为学术顾问，旨在开展走在前沿的非洲文学研究，建设非洲文学译介与研究智库，推进国内非洲文学研究模式创新与学科发展。

与此同时，我们从百部经典名单中剔除已经出版过中译本的、用非洲生僻语言编写的，以及目前很难找到原文本的作品，计划精选40余部作品进行翻译，涉及英语、法语、阿拉伯语、葡萄牙语与斯瓦希里语等多个语种，将翻译任务落实给校内外学者。然而，译介工程一开始就遇到各种意想不到的困难。仅在购买原作版权这一环节中，就遇到各种挑战。我们在联系版权所属的出版社、版权代理或作者本人时，有的无法联系到版权方，有的由于战乱、移居、死后继承等原因导致版权归属不明，还有的作品遭到版权方拒绝或索要高价。挑战迭出，使该译介工程似乎成了"不可能完成的任务"。但我们抱着"20世纪非洲百部经典值得译介给中国读者"的信念，坚持不懈，多方寻找渠道联系版权，向对方表达我们向中国读者介绍非洲文学和文化的真诚愿望。渐渐地，我们闯过一个又一个看似不可能闯过的难关，签下一份又一份版权合同，打赢了版权联系攻坚战。然而当团队成员着手翻译时，着实感受到了第二场攻坚战之艰难。不同于大家相对较为熟悉的欧美文学作品，中国读者对非洲文学迄今仍相当陌生，给翻译工作带来巨大挑战。在正式翻译之前，每位译者都查阅了大量的资料，部分译者还远赴非洲相关国家实地调研。我们充分发挥学校的非洲研究优势，与原著作者所在国家的学者、留学生，或研究该国的非洲问题专家合作，不放过任何一个疑惑。译介团队成员在交流时曾戏称，自己在翻译时几乎可以将作品内容想象成电影情节在脑海里播放。尽管所费心血不知几何，但我们清楚翻译从来都不可能尽善尽美，译文如有差错或不当之处，我们诚挚邀请广大读者匡正，以求真务实，共同进步。

在中非合作越来越紧密的今天，人文领域的相互理解也变得越来越迫切，需要双方学者进行全方位、多角度、深层次的系统研究。我们希望在中国文化走向非洲的过程中，也将非洲经典作品引介给中国读者。丛书的出版得到了浙江师范大学非洲研究院的大力支持，长江学者、院长刘鸿武教授是国内非洲研究领域的领军学者，对本项目的设计、推进提供了十分重要的指导意见，王珩书记也持续关心工作的进展。杭州电子科技大学非洲及非裔文学研究院院长谭惠娟教授在本项目设计之初就给出了宝贵的指导意见。借此机会，我代表学院向他们一并表示衷心的感谢！

"非洲人文经典译丛"的出版是我们在非洲文学文化研究的学术道路上迈出的第一步。随着我们对非洲人文经典作品的译介和研究的深入，今后将会有更多更好的成果与读者见面。谨希望这套丛书能够为中国读者了解非洲文化、促进中非人文交流尽一份绵薄之力。

浙江师范大学外国语学院院长

洪　明

2017 年 12 月于金华

目　录

饥饿之屋

我拿起东西就离开了。太阳正冉冉升起，我却不知去往何处。我慢慢走向酒廊，在一家店里买了瓶啤酒。店铺旁边宽阔的门廊上三三两两地站着一些人在喝着酒。我坐在一棵高高的穆萨萨树下，它的树枝刮擦着波纹形的铁制屋顶。我尽量不去思考要去哪里，也不感到苦闷。事情发展到这个地步，我感到挺欣慰；我不可能再留在那饥饿之屋，它就像某些小鸟从嗷嗷待哺的婴儿口中抢夺食物一般，夺走了我每一点理智。那饥饿之屋的双眼直直地注视着你，仿佛一头不可名状的野兽要将你吞噬。当然，还有关于那女孩的事。皮特夜以继日地鞭打她，可我又能再做些什么呢？再说，就算我去插手，调解的结果也不可能像自己期望的那样公正。

是的，太阳已快速上升，照射着你的双眼，不知不觉中，它已高挂山顶。

　　我脱下外套，叠夹在双腿之间。事情发展到现在这个地步，今后没有人会将他们心灵的饥渴怪罪于他人。我的灵魂已在这早晨的阳光中变得灼热与枯燥，就算我能够做什么让自己的心得到安抚，我也无从下手。但我的头脑是清醒的。看着那些黑人警察结队游行并停在旗子下面敬礼。看着镇上的黑人办事员悠闲地走向那些卡车，还有一群身着卡其色或绿色衣服的学生随着铃声向暗淡无光的学校狂奔，我觉得我正一点一滴地回忆着当下及过去曾体会过的那种肮脏扭曲的生活。警察们被解散了，他们的长官身高六英尺、身形清瘦，趾高气扬，就像一只正在追踪苍蝇的变色龙一般，看上去饥渴又狡黠。饥饿之屋对这条变色龙倒是还没那么在意，不过确实已经发生了一些不愉快的冲突。那个丧命于可怕火车事故的老头，也曾经因乞讨和四处游荡而惹上麻烦。接着皮特因为接受了一个警察密探的贿赂而蹲了监狱。出狱以后，皮特没办法安定下来，他不停地抱怨着那些该死的白人。"该死的白人"这个词似乎已在他脑中根深蒂固，于是他经常打架斗殴，其暴力程度吓呆了每个人，任何一个清醒的人都不敢去惹他。皮特四处游走，常常充满愤怒，有时还无中生有地挑起事端。而正因为他具有斗争的精神，每个人都能在他眼中看到那团火焰，并因此而喜欢他。但这激进、好斗的个性对他造成的负面影响越来越大，直到有一天他的女友怀孕了，学校检查员说他无法继续在这个地区任教，皮特威胁着说要把学校夷为平地，并以"追求自由"为名拒绝与女友结婚。就在发生了这耻辱的事情之时，父亲被人下了微量毒药，我们眼睁睁地看着他身体变差，他却仍一言未发。父亲也明白我们心里都清楚一切，对方这么做只是想要给皮特施加压力，促成婚事，我们也都知道父亲的想法。但皮特的女友毕竟是个甜美的女孩，天真烂漫，这一下怀上了皮特的孩子，我们都不敢相信皮特的运气。也就是在那时，我的同班同学如同其他的同级的一样，冲向大街，去抗议充满歧视的工资待遇。尽管校长抑制住愤怒，仅仅是给我们一通教训，教导我们做对得起自己身份的事情至关重要，不要糊涂犯错，为自己的前途设置障碍，但最终，我还是和大家一起被捕，被关了几个小时。这期间我们按了手印，拍了照片，还遭受了落在脸颊上的几个巴掌，说是为了让我们保持清醒和理智。那时我无限渴望自我认同，强烈的好奇心促使我相信能在"政治意识"中找到这种认同感。所有黑人的青春都充满了渴望。我们从每一片思想的绿洲中汲取水分，除了那些被禁止的区域，因为在那儿汲取水分往往导致被捕或是遭遇跳蚤上身然后导致处处被撕抓的下场。我的好朋友拜托我照顾茱莉亚，原来她是如此遥不可及，现在我已经不再为她感到痛苦。那时，对于是否要努力去筹一些钱来对抗性病的未知恐惧，我犹豫不决，也并不觉得需要大惊小怪。在一个风雨交加的夜晚我勇敢地面对了疾病，逃过这一劫后我觉得后悔了。对此，皮特当然也是理解的。

"除非你已经经历了这一切，否则你不会成为一个真正的男人。"他说。

我表示赞同，并奉承地笑了一下，因为他知道如何治疗——至少了解怎样才能在保密的情况下进行药物注射。这次事件让我对女人产生了不敬和厌恶，这种感觉深入我心，不曾改变。我永远都不会再为了任何女人而投入全身心，我不想再感受那痛苦。

但并不是每个人都在互相帮助。大学里还有一些人进了监狱，工人们也开始罢工，于是又有更多人被关了起来。逮捕、入狱似乎已经成了一个人每天的所见所闻，以至于有天早晨，当两个游击队员被处决，而后他们的尸体出现在一群学生眼前时，学生对此竟然无动于衷。

当然，我们的精神还是振奋的，心情也很激动，这促使我们徘徊，想要寻找那种觅而不得的灵丹妙药。我们的焦躁不安和彷徨无措，就是这种求而不得的预兆。但是这种寻找注定是无功而返的，因为那灵丹妙药似乎就在眼前却又并非真的存在。我们所渴望的自由——如同一个人对啤酒、香烟或是下一世生命的渴望一般——如此清晰地存在于我们每一次呼吸中、每一个指缝里，以至于尽管没人能真正寻到，但每个人对它都是如此沉迷。这种感觉就像是一个男人在梦见一顿美味大餐时轻舔嘴唇，也像一个女人在梦见一场嘉年华时翩翩起舞，还像一个老人渴望在纪念自己年轻终结的比赛场上，回味那种能够疾奔如羚羊的感觉。然而，这大餐、嘉年华和比赛场其实都并不存在。发现了这种矛盾让我们感到不安，而后我们变得躲躲闪闪，意识到没有人能够再次那样感受世界。我们感到痛苦，但这痛苦也恰恰是我们能拥有的最好感觉。这种空虚感深入人的五脏六腑，因此没有人能够理智地告别青春期。我们明白在我们面前还存在另一种巨大的空虚，它贪婪得好像要吞噬一切生命。生活就如同一排排被饥饿笼罩着的破屋，朝着水平线延伸，看不到尽头。人的大脑（精神）变成了那些肮脏的房间，孩提时代身上的幼小骨骼仿佛被死死地缠绕在布满灰尘的蜘蛛网中。那些蜘蛛网向外延伸，不仅包围了人们脚下走过的路，而且包围了我们散发着恶臭的生命之上的那些依稀闪烁的星星。每个人都在慢慢腐烂。无论每个人的脑中是否感觉如昆虫在罐头里到处乱撞乱飞般思绪混乱，当人们分开双腿，蹲在厕所里解决问题，太阳都依旧轻松地升起，而后黑夜即如同过去的日子一样，依旧快速降临在大地上。

小人物们的生活就像是蜘蛛网，上面散布着极小的骨架子。而饥饿之屋紧紧地抓着自己，毕竟，蜘蛛网上的小骨架子中还留存着生命的火花。当然，那个女孩，还有我对她的感觉，也留存在她那叛逆而独特的精神世界里。严重的殴打不能让她失去理智。尽管他最后把她打得像只留下了一块红色的污迹，我还是能够在她那如野兽般睁大的眼睛里看到一丝与生俱来的勇气。这样的眼神会刺痛你，会让你落泪。但是皮特，抬起他的大手，往下抢过来，因为那眼神刺激到了他，使他变得更加愤怒。我知道对我来说，这所有的一切都是一场表演，但是因为她之前告诉我永远不会放弃，这使她的情况更加糟糕。

皮特坚决而又平静地说："我一定会打到你说出来为止。"

听到这，她以那特有的可怜又坚定的方式，突然给了他一个愤怒的眼神。

"好，你就继续吧！"她大叫道，头一低，那一掌就错过了她的眼睛，从旁边打中了她身体的侧面。我听到了一些声音——是一只猫，在痛苦中尖叫。

那时，我感觉她肯定是在为我上演一出戏。我哈哈大笑。这是我犯的第一个错误，连同其他的错误一起，造成了现在这个状况，但这确实是第一个主要的错误。皮特举起了拳头，对我怒目而视。我又听见了那个声音——一只猫，在极大的痛苦中尖叫。

"你在笑些什么，书呆子？"

这并不是一个问题。我看着他，尽管这是一种兄弟间亲切说话的方式，我敢发誓他也是为了吹捧我。这几乎使我又笑了出来。我把蜡烛拉近了正在读着的书，过了一会儿，找到了我看到过的那一段文字。

但他吹灭了蜡烛，房间陷入了黑暗。我能感觉他那难闻的气味就在我的脸边。透过窗户，我听见孩子们在说"打断它的脖子"。

"我问你个问题，'莎士比亚'。"他在黑暗中说。

我闭口不言。我很惊讶他出手之敏捷，他的双手抓住了我的衬衫。

我一动不动。

他用力向我吐了一口口水，猛地把我往后推，我倒在了椅子上，头刚好撞到了墙上。我听到他咣当咣当地走出了房间。我静静躺着，直到再也听不到他的脚步声。他好像在沿着街道往下走，也许是走向了那个酒馆。那时，我才意识到旁边屋子里的婴儿一直在大哭，他一定已经尖叫着哭了好一会儿了。但是那女孩和我都没有动。她在房间的某个角落里痛苦地喘着气。听着这声音，我只是不停地想着她是多么年轻。她有个奇怪的名字。

我喊道："纯洁，你还好吗？"

但无人回答。

"你为什么回来？"我问道，"你明知每次结果都如此。"

沉默一会儿之后，她好像对我说："嘘……"

"什么？我听不见。"

"别说话。"她说。

隔壁房间里的婴儿还在大哭大闹。一块大石头"咯噔"一下落在屋顶上——我们邻居的孩子又开始玩闹了。另一块——我猜一定是块砖头——"砰"的一声重重地落在屋顶上。窗边一个阴影快速移动，扔下了一个东西——一个长着毛、湿漉漉的东西砸到我的脸上。我快速将它拨开，还不知道那是什么。当我冲出去想看个清楚时，一块石头正打在椅子上，碎落在我刚才躺的地方。我快速剧烈地抖动我的外套，找到火柴，点着了一根。那燃烧的火光立刻照亮了她的脸庞。她的脸已被打肿，从嘴唇和脸颊骨的伤口流下的血一丝丝布满了脸庞。火焰烫到了我的手指，我快速将燃尽的火柴扔向窗外，然后又点着了另一根。这一次，她抓着一小截剩下的蜡烛。当蜡烛点亮，我看见她正靠着刚才打到我的那个东西。原来是我的猫。它的毛上溅满了血，而且一半已经被烧光了。我们邻居的孩子竟然想要烧死它，然后把它从窗户扔了进来。

这时她已经站起来，把蜡烛放在桌子上，看着翻倒的椅子，眼神若有所思。

"他伤害你了吗?"她问。

我摇了摇头。

"你呢?"其实，我问都不用问。

"我过会儿就会没事的，"她说，"那孩子——他没伤到那孩子吧?"

"没有。"

"我想看看你。"她说。

我不知道说什么好。我觉得有点震惊。

她总是以这种口气说话，就好像我是她凭空想象出来的人。

我不想彻底抹去她的激情，以及她在残酷生活中遭受毒打的经历，可我却是这一切的始作俑者。我不考虑后果的介入导致了一切——这是我给自己的解释。我怎么知道她会完全听从我的话？我感到如此悲痛，苦笑着面对这主宰着我们生活的残忍与讽刺。

我笑声中的失落感好像吓到了她。我赶紧说道："我只是在想，当他发现真相之后，看上去会多么像个傻瓜。"

"一个傻瓜……谁？"

"什么？我哥呀，皮特。"我呆呆地回答。

她皱起了眉头。

我心里挺开心的：她已经看穿了我，她也不会参与这种行为。但我还是一如既往地欺骗自己，因为她脸上的表情舒展了。她试着微笑的时候，紧锁的眉毛打开了，露出了一个小窝。这个傻瓜！

"你真是个孩子。"她说着，轻抚着我的手臂。

我推开她，嘴里叽里咕噜地说着我死去的猫的事，心里克制着愤怒，我踢开了门，最后又狠狠地踹了一脚，门飞了出去，落在院子里。我全心希望我踢向黑夜的是她。我脑中对她充满了厌恶。

这变幻莫测的天气非但专门针对我，还出人意料地用它们的毒来伤害我，以至于我——这已经是很久之前的事情了——刻意避免对这种天气的关注。行为不当的朋友对我也有同样的影响。当然，我无法阻止一场热带风暴，但是明明知道这种感觉本是自己身上奇特的一个部分，我还要企图寻找庇佑之所去逃离它，这是一种我无法原谅的耻辱。因此，我为自己建造了如迷宫一般的个人世界，这个世界只会使我陷入最原始的神话。我忍受不了一颗星星、一块石头、一团火焰、一条河流或一杯空气之类的描写，主要是因为它们相当重要，却又不是我的创造。因此，为了躲避从"上方"来的攻击，我有意没有借用这些，反之用语言、韵律、光线、人们的自言自语对作品进行重新塑造。我整个人都混乱了。我发现人性的思考、人类的概念比真正存在于这个世界的人类本身更加引人入胜。甚至可以说，我不能原谅人类，不能原谅自己，因为我们就这样赤裸裸地、肤浅地存在于这个世界。我希望得到宽恕。那些命运可悲的人和我进行交流，到了最后，常常发现我们对一切"怀恨在心"，这种感觉能够抚慰他们自己，也能抚慰我。

"你很快就会忘记的。"他们这样说。就像婴儿一样，在成长过程中，他们起初对那些奇怪的疾病没有任何抵抗力，非常容易受到感染。

在饥饿之屋中，这扭曲的世界不断遭到疾病的入侵。麻疹和腮腺炎就是诽谤和诬陷产生的症状。即便是最普通的感冒也能引起邻居间的战争。除此之外，还有我们日渐被腐蚀的家庭生活，这里有着令人头痛的腐烂内脏和变态灵魂，这里有老鼠啃噬着奶酪。第二天一早我还担心这件事，就像一个孩子轻轻地、开心地拨弄食指上的伤口。

"我的老天，我怎么忘得了呢?"

起初的一点精神愉悦就像一条涓涓细流，而今却已经以恶疾蔓延的速度膨胀成巨大湍急的维多利亚瀑布。

但我不屑这样称呼它。我想，这就是一种生活吧。这就是我，不是其他任何人。

"你的意思是这世界欠了你一种生活?"皮特问道，语气圆滑。

我并没有回答，因为这答案已经一目了然:严冬夜晚我冲破饥饿之屋那扇老门时感觉到的刺骨寒冷——这答案蔓延至我的骨髓，使人恐惧，让人寒心，一直流向我的大脑灰质处。

我的母亲曾经对她朋友说我是个"狂躁"的孩子，无论是谁，只要碰到了我，我就会怕得满脸通红，或是发出嘶叫。但也可能是她夸张了，因为她总是在向别人炫耀我的学校成绩时提起这个话题。

"你总是把别人想得很坏。"皮特一边说着，一边打着哈欠。就是在那一天，治疗性病的药物开始起作用，于是我开始明白我的生殖器是一个染上了疾病的身体器官。

我说:"你从别人那儿得到的好，总有一天是要偿还的。"我伸了伸腿，点燃了一根雪茄烟，这似乎是用几种混杂的茶叶而不是纯正的烟草制成的。对于我在说些什么，以及为什么这么说，我完全没有思考。

"你觉得生活中，她期待的是什么？"我用一种随口一提的语气，心不在焉地问着，当然，这很容易就被皮特识穿了。

他甚至假装不明白我在说什么。

"谁？"他装作漠不关心地问。

"纯洁啊。"

"她得到的东西。"他说着，笑得像是一只刚饱餐了一顿的乌鸦。

我顿时被他这种过度贪婪的快乐深深刺激了。我甚至想直接问他，他认为谁才是他这孩子真正的父亲。

这次，母亲匆匆地走了进来。她看起来像发了酸的牛奶。皮特低声说着什么"其中一天她不开心的日子"。母亲跨过我伸开的双腿，坐在了桌旁。她的脸拉得老长，憔悴不堪，脸上的疤痕就是为我们所做出的那些牺牲留下的证据。

她开始用一贯低沉的声音说："老头子死了。"

这消息听起来既愚蠢又不可信。我笑了，笑得又响亮又长久。

但她对我置之不理，继续说："他在横穿铁路的时候被一列火车给撞了，什么也没留下，只剩下一团团污渍。"

母亲的声音虽然沙哑低沉，但听起来并不总是这样的。

她把这件事归罪于她消沉的生活方式，但也仅仅是对她日夜过度饮酒一个更好听的说法罢了。喝完酒，她总是提起那次横穿铁轨的事——这已经切切实实发生在老头子的身上——这件事打破了所有长期压抑在心底的情绪。她最喜欢的事莫过于对着我唠唠叨叨，说她可没教我成天无所事事。每当这时，她的言语总是那么粗俗，让我怀疑自己之前为什么会去思考关于人性的问题。劈头盖脸而来的一顿顿咒骂碾碎了我的身体，就像那辆二十一世纪的火车把老头子碾成了一团污泥一般。

"我送你去上了大学，"她说，"以后你必定能够干一番大事。"

"把这话对伊恩·史密斯去说吧，"皮特在一旁不怀好意地插嘴道，"你所做的就是饿着自己，然后送这个混蛋去上学，但是伊恩·史密斯说了，他现在所接受的教育正是让他变成现在这个样子的原因。"

我听到这话很不高兴，于是开始吹起口哨歌《小杰克·赫纳坐在角落里》。

当被一些自己不明白的事情给惹到了，皮特就如往常一样，故意放一个又长又臭的屁，朝我这边吐口痰，然后低声含糊地说什么资本主义和帝国主义。

"还有那该死的白人。"我接着说，正是这"三位一体"，使得饥饿之屋招致臭名。

"这如同我们的历史正在发出口臭。"他说。

我甩起衣服挂在肩上——就像是夜晚突然之间遮盖了整个午后的天空——起身再去买杯啤酒。酒馆里人多拥挤，但那酒保看到了我，其实他早就把我认出来了，只是他是那种与自己丈母娘打招呼时都不慌不忙的人——他高喊着："你这恐怖分子！甘丹嘎——你要啤酒，对吧？"

我隔着人群，伸手把钱递给他时，挤出一点笑容，可脸上的肌肉被挤得像是只戴了一个笑脸面具。

他苦笑着说："不，不用了。我请你。"

我拿起了啤酒，不小心洒出了一点，落在前面那个身着血红色夹克的人的肩上。他转过身来，满脸怒气。

我嘴里嘟囔了句："对不起。"然后停了下来。"天哪，这真是——！"

血红色夹克上面那张黑如煤炭的脸正咧着嘴笑。原来是哈利。在学校里，他常常折磨我，说我没教养又没钱。六年级时，他坐在我的位置旁边，总是在讲述他和女人之间痛苦的情感纠葛。他懂得所有的市侩语言、熟练的套路，一点掷骰子的时间，就能说出娱乐行业内任何一个值得提起的名字。但当我们发现他正在为那个特别机构卖命，故意渗透到学生组织内时，在一个大雨的夜晚，我们塞住了他的嘴巴，把他紧紧地绑起来。他那么瘦小，被绑着就像发霉的面包屑，我们费了好大劲拼命拽着他从宿舍区域走出来，彻彻底底地将他痛打一顿，打到他瘫在床上，至少有三个小时没敢张口说他刚刚去了哪里。

此刻，他已经紧紧抓住我的手臂，就像被咖啡烫到舌头那样兴奋。在这之前最后一次见到他是在学生会的圣诞舞会上，那时他正在舞池中间摇晃着身体跳舞。他敲了敲大腿，露出了最初的纯真的那种笑容。生活中，他有一种坚定的信念。他认为没有人，没有任何一个人能在任何情况下让别人喜欢自己。在某种程度上，他是正确的。纯洁是他的妹妹。

我们手挽着手走出了酒馆，我猜耶稣和犹大在了解对方秘密之后也是这样相处的。阳光温和地照在飞扬的尘土上。附近公厕里飞出一团苍蝇，嗡嗡地唱着亨德尔的《哈利路亚大合唱》。这真是人类生存状态最真实的写照。

镇上的摄影师所罗门现在是个有钱人。他的摄影棚在杂货店的后面，里面挂满了戴着欧洲假发的非洲人、穿着迷你裙的非洲人，以及患有妄想症透过镜头向前凝视的非洲人的照片。每张照片的背景都是一样的：光秃秃海岸边冲起阵阵浪花，一只老鹰在空中盘旋，威猛有力，就像玻璃发出强光，射向广袤的宇宙空间。这是一种只有通过最原始的照片捕捉才能体现的野性欲望。现实的不堪被那些闪光灯的曝光洗刷掉了，之后，人们可以说："那是我，人类——我！这个城市中的我。"

哈利一定已经使许多摄影师变富了。在我能够鉴赏衣着之前，我总是欣赏他大胆醒目的着装颜色，如牙膏般顺滑的个性，以及穿着高跟鞋时的无比自信。

"你我二人，"他边喝边说，"我们都是文明人。"

"文明"这个词对他来说，就如美好生活的顶峰。我坐在地上，他正用一种古怪的笑容看着我。

"坐下吧。"我说。

他笑了。

"旁边没有椅子，伙计。"他说道，握起拳头放进裤子口袋里。又接着说："等会儿我要去见个女人，可不能弄脏了我的衣服啊。"

"哪个女人？"

"你猜。"他眨了眨眼睛。

我决定大胆往下追问："白种女人？"

他笑了："还能有别的吗，伙计？"他张开手臂，那些带着钩子的电线、涂成白色的房子、酒鬼、妓女、为上帝创造的那些苍蝇而齐声高唱的天使，还有每当金色阳光照耀下来，飞扬的灰尘就仿佛变成神的恩惠带来的一片片云朵。他那似神一般的动作突然间停止了——直直地指着那散发着恶臭的公共厕所。

"伙计，我们还有其他选择吗？"他重复道。

我想我明白了他所说的话。

纯洁曾经问过我相同的问题，但是她与她那白人哥哥是截然不同的情绪。那时，她和我沿着山谷往下走，穿过河流，走上连接旧堡垒的老石子路。那座堡垒是战争年代我们英勇的先辈们战斗过的地方。我看得到在她椭圆精致的脸上，柔软的皮肤自然伸展着，掩盖了背后的痛苦，我们向下望着山谷，望着我们曾经生活过的小镇。

"那儿还有别的什么呢?"她又问道。

她的手把我弄疼了。没有一张照片能够记录下那一刻我们俩碰撞出的火焰。但是我——我这个蠢蛋!——还是在"厌恶她"这个念头里纠结,仿佛这是我的一根救命稻草。她这样一个人,是不可能来自我们如此悲惨又肮脏的世界的。她让我想要尖叫,让我相信幻想,让我有希望。但是地上的石头和沙砾又把我拉回了现实。

"我做不到。"我说。

她快速抬起头看了看我。

"如果这是钱的问题——"她皱着眉头说道。

"钱!"我像一个被误解的孩子一般苦涩地笑了笑。

当然,经济的确是需要考虑的一个问题。没有了钱,爱情、食物、写作、睡觉、憎恨这些甚至在梦中都不可能实现,绝无可能。

但那些英雄,我们这个时代的那些黑人英雄……

她焦急地看着我,手指掐进了我的后背。她的目光中似乎有东西像一把铁叉一般刺进我身体里,直入五脏六腑,在里面搅动,而后忽然间她往外抽开,仿佛把我的内脏都拉了出来。

如果不是她拉着我,我可能都已经掉到了那悬崖下。结果是我们俩都重重地摔在地上,一动不动地躺在那里。

但是哈利还在说着："我的那个白妞儿充满了活力，她就像一杯带着神性的酒，浓郁香醇，这就是她，我的女人。"

"她确实有个阴道吧？"我充满疑惑地问。

他吃惊地看着我。

我赶紧改变了话题："你是怎么遇上她的？"

"就是那次圣诞舞会，伙计，"哈利眨了眨眼睛，"就是在那儿！伙计，她真是完美！"

"她有什么好的？"我追问道，假装打了一个哈欠。

"她什么都好，"他说，"黑人女孩身上所缺少的她全都拥有。"

我闭上眼睛，我能看到我的灵魂外面包着一层红色的窗帘。

"黑人女孩就像肉一样，"哈利说，"我可不喜欢吃生肉。"

然后他边看着我边说："当然，如果一个男人急需解决生理问题时，那就是另外一回事了。"

我生气地咬了下嘴唇，低声说了些脏话。

"对了，伙计，就是这样。都骂出来吧，说脏话对一个男人有好处。"他说。

"干杯！"我说着，把杯里的酒一饮而尽。

很快，哈利就消失在酒馆里。我向后静静地靠着穆萨萨树，尽力不再去想那饥饿之屋。那腐烂发臭的肠子发出来的浓酸味已经入侵我大脑深处。那饥饿之屋现在已经变成了我的大脑，而且我很不喜欢它的屋顶这样咔嗒咔嗒地晃动。

记得有一天回家时，我正兴高采烈地跑着。我忘了当时是因为什么而开心。尽管那天天气阴沉——天空暗得仿佛是上帝正在用力拧绞他的脏内衣一般，脏水密布——但我心潮澎湃。我冲进房间，立即开始讲故事，手舞足蹈，讲个不停，我的母亲在一旁盯着我看。忽然扑面而来狠狠的一记耳光，打得我耳朵发鸣，停止了说话。我不明白发生了什么，就直直地盯着母亲看。她又打了我一下。

"你怎么敢跟我说英语？"她发怒了，"你明知道我听不懂，如果你觉得就因为你念了几天书……"

她继续打我。

"我没有说英——"我又张开口，随即停下，我忽然意识到我确实是用英语在和她说话。

我冲出房间，重重地坐在花园里的一块石头上。我很努力地忍住眼泪。我跳起来，往回冲进房间，从床底下拉出我的盒子，拿出我的英语练习本，用尽当时一个孩子身上所有的力气，狠狠地把它们撕碎。母亲沉默地看着我。等我撕完了，她拿出给我准备的食物，放在我的面前。我把它推开了。

"我不饿了。"

"你确定？"她问。

"我不饿。"我坚持说，尽力不去看那些食物。

"可是我饿了。"她说。

于是她开始在那儿吃了起来，发出很响的声音。我看着她，不说一句话。她的样子让我感到如此饥饿，那一刻我甚至都能从屋梁上挂根绳子，把自己吊死。等吃完了，她还用她那鲜红的舌头舔了舔盘子，再轮流把每根手指舔干净，打了个嗝，轻松地笑了一下。这一幕让我内心如同那寺庙里的旧布片一样被撕裂。这个房子仿佛开始移动——但幸好我还站得住脚。在整个房子完全翻倒之前，我站起身来。就在这时，我口袋里发出叮当声。原来我还有些钱呀！我把撕碎了的练习本放回盒子，然后向小店走去。就是在那儿，我买了三本全新的练习本和涂着一点黄油的半条面包。回去的路上，我经过哈利家，他也大方地把英语书借给我，这样我就能把撕掉的那部分重新抄回本子上。

我回去时，父亲正坐在桌边吃饭，就像一头大象一般慢慢地仔细地咀嚼着饭菜。母亲正在向他汇报我撕碎本子的事情。他瞧都没瞧我一眼。我尽量离他们远远的，坐在地上，开始边轻翻哈利的书边啃面包。这时，一张椅子往后一推，发出"嘎吱"的声音。我顿时全身紧张。我呆呆地盯着地板，盯着这些书。迎头而来的一击打得我的门牙马上掉了出来，我手中的面包则飞到了房间的另一边。他若有所思地摩擦着指关节，低下头盯着我，仿佛是盯着一只趴在熟食上的大蟑螂。我发怒地冲过去想还击，但正当我要挥动双手，蹬踢双腿时，他就已经伸出长长的手臂，一把按住我的脑门，我根本就打不到他。他就这么抓着我，直到我累得动不了了。接着，他把我向前推了一把，我倒在角落里那堆作业本上，鲜血溅满了封面。

那时，我只有九岁。

我的眼前仿佛隐约出现了哈利那件血红色的外套。他递给我一杯啤酒，接着从口袋里拿出一块红色的手帕，擤了下鼻涕，还拿起来看了一眼。

他说："你知道吗，她把自己给了我。"

"谁?"

"还能有谁，就我那个白妞儿呗。"

我动了下嘴唇，勉强挤出一个痛苦的笑容。

"你的嘴唇裂开了，"哈利皱着眉头说，"上面都起水泡了。"

我伸出舌头舔了一下水泡，他摇着头说："这样不行。"然后递过来一支唇膏。"用这个吧。"

我涂了一下。

"你就拿着用吧。"他边喝边说，红色的领带上溅上了一点粉色的酒渍。

他低头看了下电子手表。

我一直盯着那橘色房顶的公共厕所，那厕所简直是恶臭熏天。

"酒吧开了，"他说，"我们进去，为老天爷的健康好好喝一杯吧。"

我快速掸了掸身上的灰尘，这样子就像一只混种狗急匆匆地拉了一泡尿。我们径直向宽敞明亮的大门走去，又再次陷入了沉思。

哈利说："我们到休息室去吧。这是个特别的场合。就像托马斯·斯特尔那斯·艾略特笔下的《鸡尾酒会》。"

哈利用劲站起来，就像阿喀琉斯费尽心思对付特洛伊一样。

"如果这就是冥河，那还不如穿戴整齐下去。"我叽里咕噜地自言自语道。

"什么?"

"我说你的样子很帅，哈利。"

"帅，对，帅。"他重复一遍我的话，充满了感激。

他用一个银色的硬币敲着吧台。

"我这一辈子都在栅栏里屠宰牲畜，就像埃阿斯一样。"我说。

"谁?"

"就是荷马史诗里那部《伊利亚特》。"我说。

"哦，古希腊呀。"为了让那酒保了解我们在谈些什么，哈利又解释了一下。酒保一直盯着我的脸看，感觉到有些不可思议。

拿了酒之后，我们在角落里徘徊。

"你这个大文学家是我们唯一的希望啊。"哈利开始说道。

我安静地喝着我的酒。接着，我想我们都喝醉了。

我开始感到恶心，就像在那些空气混浊的早晨，冷风四处穿梭，世界上仿佛除了闪着光的棺材之外什么都不存在。胃里的酒开始不断往外涌，弄得我想要呕吐。而那个自己也喝了不少的酒保还是一直饶有兴趣地盯着我看。

"你看起来还不错，"哈利说，"我从没见过你精神这么好。"

"是啊，已经很久了。"我低声嘀咕着。

我用劲摸了一把自己的脸，尽力压制住身体里不断涌出来的那股恶心感。这种恶心的发着恶臭的浓酸已经腐蚀到我的五脏六腑。缝合的伤口还没有完全好起来。

"对啊，好久没见了。"哈利点头同意。

他举起杯子和我对碰了一下。

"干了。"他礼貌地对我说。

我一饮而尽。杯子随即又被加满了。

酒保看着我，突然脱口而出："你不就是那个……"

但是，哈利深深地皱起眉头，打断了他："不是，他不是。我们另外找个地方坐吧。"

于是我们换了个座位，面朝着门，背对着墙——哈利坚持要坐那里。

我们刚坐下，就听到哈利的手腕附近有金属的咔嚓声，随即我就看到了，原来是手铐。看都没看一眼，哈利就挪开身体，把它们推到一边。

我抽出一根雪茄，慢慢点燃。冒出来的烟熏得我的眼睛很痛。

"我说，你不应该吸那些的。"哈利说着，拿出一根名贵烟，"把你那根灭了，试试这根吧。"

"等会儿吧。"我不假思索地说。

"不管怎么样，这包就给你吧，我这儿还有一包。好吧，现在告诉我，"哈利说，"她怎么样？"

我假装不明白，问："谁啊？"

"我妹妹啊。"

"不错啊。"

"我听说的可不是这样。"

"都是别人的闲话。"

"可这是她自己告诉我的。"

"说了什么呀？"

"就说了你和她的事，还有其间你对他们公正的调解。"

我感觉到灵魂外面包裹的那层锡纸正在沙沙作响。

"我亲爱的伙计，关于我，她又可能告诉你什么呢？她可是我哥哥的女人。"我边说，边饮尽杯中的酒，故意表现出一种极大的自信。

他对我的话充满惊讶，决定换个话题。

"你可是声名远扬呀。"他若有所思地说，"你没看见那个酒保对你的那种谄媚的眼神吗？看哪，他还在盯着你看呢。看那儿，你的诗作已经把他给迷倒了。"

我抬起头，仿佛感觉到以前的那个我就像一件破旧的衣服，再一次伸展，再一次被撕扯。那些痛苦瞬间闪现在脑海里，仿佛一只冰冷的手紧紧抓住我充满鲜血的双肺不放。当那件旧衣服被完全撕碎，让一切暴露眼底，我又会看见些什么呢？这就好像贝壳一般的天空中间裂开了一条缝。近距离观察人类的脸部真是不可思议——斯威夫特说得对。那脸部背后的那个房间又是什么样子呢？还有房间内部的一切又是怎样的呢？还有一件件事情，层层展开，里面的真相又是怎样？我想我已经醉了，自己毫无顾忌地一圈一圈不断打着转。我找到了一颗种子，一颗小小的、世界上最小的种子。它的名字就叫憎恨。我把它埋在脑中，用泪水将它浇灌。世界上其他任何种子都没有遇见过一个比我更好的园丁。当它发芽膨胀，变成绿色的生命体，我感到我的民族在颤抖，在分娩的痛苦中苦苦挣扎——接着突然爆发，开枝散叶。

当我把手上那只猫的鲜血冲洗干净，她又再次抚摸我的手臂。她的脸肿起来了，一只眼睛已经睁不开了。但那天真的女人仍在做梦，仍然抱有希望，仍然抱有幻想，——这是为什么呀！我从未遇见过这样的事。

"你难道看不出来，如果事情继续这样发展下去，我们俩的结果会非常不愉快吗？"我绝望地问。我听见隔壁房间里的婴儿还在继续哭闹。

"我只是还想再见到你。"她平静地说。接着，她思考了一下，又说："你知不知道你——很自大？非常自大。"

我想，这两者之间有什么关系？不过那时我确实不应该和她针锋相对。此外，死亡的念头就如一把把铁锤，正在冷酷地锤击着我的思想；空气中的磁力正在不停地翻转，翻转，搅乱我内心的思考。

巨大的空虚之中一切都支离破碎

是谁的脉搏在人的双眼之中闪烁

是什么东西把你一眼看穿，让你毫无防备地暴露在

日光下

"什么？"他问道，看上去非常疑惑。

"一首诗。"我说。

哈利靠过来，把我的杯子弄破了。

"什么诗？"哈利充满期待地问。

"我现在正在创作的一首，"我说，"我刚刚背的是开头的三句。"

他又斜着眼，将信将疑地看着我："不是吧，你刚才只是一直坐在那儿，恍惚着出神呢。那么，是哪三句呀？"

我却一丁点儿也记不起来是哪几句了。

哈利做出一副充满同情的模样，伸出一根手指戳了戳我的脸。

"好吧，诗歌是吧，"他说，"是所有文明民族的灵魂。对，诗

句。老虎，你灿灿发光，将黑夜的森林照得通亮。猎鹰听不见主
人的呼唤。世界分崩离析。当繁星的光芒似银矛掷下，是什么样
粗野的猛兽……"

他停下来喘了口气，随后接着说："我一直都没有忘记那首
诗。"他沉思了一下。

他俯过身说话时，我感到从他嘴里冒出的热气迎面而来。"我
从来没和别人提起过这件事，"他低声地说，"我会写歌词呢。"

（说这话时，他突然强调了"歌词"两个字，一时间吓到了那
个酒保，使得他手中的玻璃杯掉落在地，在吧台后面摔得粉碎。）

我盯着哈利看。我不知道该笑还是该哭。但他觉得我对他是
充满敬意的。

"多谢了，老朋友，"他悄悄地说，"不是每个小镇都会尊敬本
地的词作家的。我们喝！"

一旁的酒保轻快地跳起了小步舞。

哈利的酒杯和我的酒杯互相碰撞，我们祝福彼此身体健康。

我想我已经不再担心健康的问题了，死去的灵魂不需要有这
种担心。一个极端的例子就是，我的左手完全不在乎右手在干些
什么。我知道，我就是一棵已死之树，干枯的树枝，腐烂的树根。
但这棵树还在忧郁阴沉的风中直直地挺立着。粗糙扭曲的树枝中，
嵌有莎士比亚的《奥赛罗》中的一页，还有一页《罗德西亚先锋
者》的封面，上面就是我的一张照片，照片中的我正对着照相机

饥饿之屋

的镜头怒目而视。

这时哈利在说着些什么。

"……登在晚间报纸上,"他说,"我简直没法相信,不过你的意志是很坚强的。"

"不是。只是因为我没什么朋友。"

哈利盯着我看,感觉他受了伤。

"我一直都挺喜欢你的,你知道的。"他说。

"我们别把这事联系到自己身上,"我说着话,同时感到一阵恶心,"那样可能会感觉到很疼的。"

他清了清喉咙。

吞了一口痰下去,他说:"我们还是来喝个痛快吧。"

我笑着说:"那可更要命。"

我一抬头,看见酒保正在盯着我看。他的笑声弄疼了我的牙龈。酒保的左眼上面有东西在控制不住地抽搐。我赶紧站起来,逃进了厕所,肚子无比难受,正好还来得及吐在那个桶里。出来时,我用手背擦了擦嘴巴,正好撞上了一个女人,她身上一件单薄的T恤紧紧包裹着一对巨大的乳房,T恤上面印着"ZIMBA-BWE"(津巴布韦)的字样。

"亲爱的,你最好走路看着点啊。"她说。

"不好意思。"我低声回答,很快从她身边走开。

但是她突然紧抓住我的手臂。

"或者更好的方法是，给我买杯酒吧——给津巴布韦一杯白兰地。"她说。

这会儿我仔细地打量了一下她的脸——"不可能是茱莉亚啊！"我叫出声来。

"如假包换。"她说着，眨了眨眼睛，仿佛正在对着一架名贵的照相机摆着姿势。

我感到特别不好意思，恨不得把脸颊埋进我的靴子里。

"来和我们一起喝吧。"我轻声又平静地说。

我六年级时就开始照顾茱莉亚这个女孩儿了。如今她用那可恶发烫的梳子拉直了头发。她的嘴唇像血一样，呈现深红色，眼睛周围布满了暗黑的斑点，还戴着假睫毛，还有画过的眉毛，这一切好像把我印象中的茱莉亚完全变成了一个游荡于酒馆之中的小妞。她立即和急脾气的哈利发生了争执，大喊道："他不就是那个被你们几个家伙拉到宿舍后面打了一顿的警察间谍吗？"

哈利一点儿也不觉得好笑。

"你就是个傻笑的荡妇，"哈利发火了，"你懂什么呀？"

于是她向我求证。

"是啊，"我边打哈欠边说，"正是他了。"

"我说小伙子——"哈利边说着边站起身。

"你为什么不赶紧去找你那白人小妞儿呢？"我提议道。

但是哈利确实是英俊的。他把身子挺得直直的，正准备双手又腰摆个姿势，这时，他腰间的手铐又哐当哐当地露了出来。

这时，周边一片沉默，足足持续了七秒钟。

在这期间，我回顾了一下老相识茱莉亚的妆容，特别是她那被"ZIMBABWE"几个大字盖着的丰硕乳房。有了这样的武器非洲就能——这时茱莉亚突然笑了起来，这是我迄今为止听到过的最不屑、最轻蔑的笑声，我的思绪就如剥落的花生一样，被她打断了。哈利也开始插话，向她走近了一步。但他没法离茱莉亚太近，因为我就在他们俩中间，捏着我那雪茄的烟蒂。

"让我试试你的雪茄吧，哈利。"我说。

我打开他给我的那个盒子，点燃了一根。味道确实像他说的那么好。我好像瞬间变成了一个孩子一般，感到很快乐，在脑中唱着欢乐颂。这时茱莉亚……

"要白兰地是吧，茱莉亚？"我边说边对着哈利吐了一口烟。

他那张蠢蛋脸。

他的双眼像正在燃烧的煤炭一样闪闪发光，带着零星唾沫的嘴咧开笑了一下。"对啊，我这就去见我那白人妞儿，但是我会回来——回来找你的。"他又故意不满地说。

我脑中闪过一个想法："哈利，如果你回来的话，可不能再与她起口角了。"

"你这是在威胁我吗？这儿可是有证人的……"

"酒保，"我说，"给这位女士来杯白兰地。再给我来杯啤酒。"

酒保眨了眨眼。

我拿了酒转过身时，哈利已经离开了。茱莉亚举起酒杯喝了几口，又把它放在桌子上，眼神还是如以前那般闪烁，她过来搂着我的肩膀，脸也凑得那么近，几乎要触碰到我的脸。

"嗨。"她笑着说。

"我以为你再也不会来了，"我说，"昨天一整天我都在等，等了又等。"

"任何一件事，要想得到我爸的应允，我都得抗争，"她说，"他正好心情不好。你知道他那种时候就很难对付。"

"你的护照？"我轻声说。

"嘘……"她轻吻一下我的脸，然后我们俩坐了下来。

"那个，哈利到底是要做什么呀？"

我迟疑了一下。

"我猜，他们肯定是找到什么线索了，他们还派他去……"

"但是我们知道呀。"她不紧不慢地说。

"报纸上的那张照片。"我提醒了她一下，但我自己也很疑惑。

"他们可能认为我是这个过程中最容易突破的一环。"我补充说。

"我们得把那消息告诉他们。"她说。

我心里一愣，看着她。

"你非得告诉他们我的状况吗……"

"这就是我的想法啊。"她说。

她炯炯有神地看着我。我则盯着她胸前那几个字母，想着黑人英雄。

"你有必要把自己化装成这样吗?"我质疑她。

她睁大了眼睛，我能看见里面闪烁着星星一样的光芒。我必须得改变话题。

"过来的时候遇到什么麻烦了吗?"

她咬了咬嘴唇，可怜地说:"有一点。"

她仔细地打量我的脸。

"我今天离开饥饿之屋了。"我简单和她解释了一番。

"那个女孩儿呢?"她逼问我。

"纯洁吗? 有个这样的名字，她继续待在那儿没问题。"

"那你还——你还……"

"我从来没有。你明白的，我不能，不能总是那样。也许偶尔才可以。"

"至少这是实话。"她说。她的语气听起来极度讽刺。"你真让我恶心，给我丢脸了。"

此时，我感到自己的脸颊仿佛慢慢从靴子里浮现出来，回到了脸上。

"茱莉亚，告诉我，我做错什么了?"

"你说你会打电话给我，可你都没打。因为这我非常生气，我大吵大闹，然后父亲说如果再让他在家里看到你，他就——就会表扬你。"

"他太蠢了。"

"你为什么不打给我？"

"那饥饿之屋里有很多麻烦，"我深深地叹了一口气，"你知道的，那些情况。"

"你所谓公正的调解？"

"是啊。适得其反了。"

她一边听着，一边咬下了食指指甲的一小块。她的眼珠子快速地转动。

她又问："那么那个女孩儿怎么样了？"

"她很勇敢，但这种勇气只会让她更深地陷进那个疯狂的家而已。"

"你真自以为是。"她说。

我帮她点着烟，看着她双眼中一点微弱跳跃的光芒。我的拇指和食指之间还夹着那根仍在燃烧的火柴。

"我去拍了那部下流的片子，你还没有原谅我呢。"她说。

她轻轻敲着自己的脸，弄乱了一部分眼影。

我懒得回答她，毕竟我也和另一个叫帕特丽夏的女子有过一段关系。

"那我们为什么一直……"

"是啊，为什么我们总是要吵架？"我生气地重复着后半句话。我手上还拿着那根燃烧着的火柴。

茱莉亚毫无来由地大笑起来。她的笑声很有感染力——那酒保也情不自禁地爆发出笑声，好似锅里炒着的脆培根在四处飞溅。

当她举起酒杯，杯身反射的银光如长矛一般刺入我流着眼泪的眼睛，我的生命在此刻发出微光，就像一瞬间燃烧的痛苦。

当时是菲利普让我照顾茱莉亚的，后来我们和他在大学里见面时，事情变得糟糕了。大概就是，菲利普当众大吵大闹，对大家说我是个酗酒狂饮的犹大，背叛了他；茱莉亚气冲冲地离开房间，过了一会儿拿着一把扫帚回来，吓得菲利普半死。于是我逃离了校园，在街上游荡，直到看见一家还开着门的黑人夜酒吧。在那儿，我一杯杯连着喝，但这事儿有些不对，我还不能喝醉。在这个地方，到处都是鲜艳的颜色、耀眼的灯光，一群半裸着的女孩穿着豹皮唱着歌，声音沙哑而粗糙。麦克风旁边站着一个身材高大的歌手，与其说他在唱歌，还不如说他在用一种最不和谐的低音吉他发出像放屁一样的声音。四周的墙上涂满了美白霜、黑人专用假发和凡士林的广告，还有班森、赫奇斯。其中有一个美白过的黑人女孩，紧贴着像煤炭一样黑的男朋友，然后向大家推荐城堡啤酒。随着音乐阵阵响起，四周的广告纸、低俗的颜色和闪耀的灯光忽闪忽灭，我已不知时间过得有多快或者多慢，只是单纯地在这个地方放纵自己。就差那么一点，我就会知道时常出现在我梦中的，究竟是阿卡迪亚的黄金年代中哪些真正的黑人英雄。是我该离开的时候了。我蹒跚着穿过门，走入了冰冷恐怖的黑夜。一辆出租车停了下来。我跟跟跄跄爬上黑色的座位，叽里咕噜地说了我要去的地方。这时，有个人，一个肥胖的、皮肤美白过的黑人女子——也就是其中一个舞者——突然跳进了车，坐在我的身边，对着我笑。

"你是想赖账吗?"她对着我的脸低声说，发出一股松子酒味。

还没等我开口说话，她就拍了拍司机的肩膀，车子驶入了黑夜。转了好多大弯小弯——似乎我们一直都在转圈子——我已经不知道我们到底在什么地方了。这时，出租车慢了下来，在一扇蓝色的门前停下，那门边有一盏灯，但外面没有灯罩，只有一个灯泡裸露着。她先下车，然后走过来给我开了车门，把钱递给了司机。车子接着驶向昏暗的街道，很快就转弯不见了踪影。她拿出一把钥匙，没过一会儿，我们就在一个狭窄的过道里脱下外套，她在我耳边含含糊糊地轻声说:"来吧，你一定是个好男孩。"

她房间里突然亮起的白色强光照得我头痛。地板是木炭般的黑色，但四周的墙都刷成了毫无斑点的白色。远处的角落里，有一根屠夫用的长钉，伊恩·史密斯的人偶从脖子处被吊挂着。我笑了，这正好被她看见。

"你想忘记吗?"她问。

我不能完全明白她说话的口音，但我能明白她的意思。我很肯定。

"不。"我坚定地说。

"很好。"

此刻灯熄灭了。

那晚，仿佛我见过的所有的灯光都在脑中闪现。我感觉到的痛苦，就像是银色的酒杯被一个魔鬼用钢钳不紧不慢地一个个敲碎。他长得很像那个在精神病院里关着的人，那是我之前的木工师傅。这个皮肤变白的舞女——她正在燃烧，燃烧，她把我身体里所有的疯狂一带而出。我满脑子都是那个房间。我想去的地方一片漆黑。那黑暗就像个监狱，也像个子宫。在那里，鲜血聚集在一起，就如同长满草的低地里形成的一片沼泽，我的生命就像那片沼泽。那黑暗也仿佛来自厕所里刺眼的"只限白人"的符号。那黑暗也像我沾满了腐臭的浓酸的牙齿，已经快不行了！那黑暗也像我一整个晚上脑中那个微微来回摆动的人偶。伴之而来的痛苦变成了火焰，像火柴一样闪烁不定，有那么一小会儿，它照亮了房间，照出我们俩的阴影。在那阴影之中，赤身裸体的舞女和我，时而疯狂跳跃，时而身体交融，紧紧拥抱。我们在高潮的喜悦中哭泣——这种风暴一般的感觉而后慢慢褪去，变成一种温柔。

但此刻火柴灭了，历史就如同被烧黑了的火柴根部那一段。那种焚巢捣穴的暴动中最精彩的部分，就是那些黑人英雄的故事，在他们中间，我的故事只不过是关于皮肤美白痛苦的又一个例子。

精神上的痛苦比身体上的要强烈吗？朋友脸上的痛苦表情驱使我回到这样的生活状态——我脑子里仿佛有一块块冰在慢慢灼烧……

"你烧到你的手指了！"茱莉亚大叫起来。

我把这根几乎燃尽的火柴棒扔进了烟灰缸。

茱莉亚快速站起来，去要更多的啤酒。但我永远都不能像贵格会的人一样随口就爆出脏话，尽管对她来说，她最原始的动力就是她的火花。我骂人，是因为我也喜欢亵渎神明罢了。

"我说脏话，是因为没有别的形容词可以用了。"我边说着，她边把酒递给我。

"该死的！"她随口就开始骂人，接着坐了下来。

出于某种原因，我开始回忆之前一些琐碎的小事。是这些事让我觉得自己像只猫，还没进行临终时的涂油礼，就直接被丢进一口深井。

一天，我受邀去给一群流浪汉做一次非正式的——甚至可能是不合法的演讲。当我正渐渐进入主题时——我认识那里所有的男孩，除了一个看起来非常孤立、脸色阴沉的男孩，他听着我的陈述，紧皱着眉头——我的脑中灵感一现，开始长篇大论地阐述，试着给他们讲述我们民族的英雄游击队人员的种种事迹，尝试着开拓他们的思想。同往常一样，我使劲过度了。当我发觉我的观众一片死寂，我才意识到这一点。我嘴中滔滔不绝的政治说辞就像一片蒸汽云一般瞬间消失，留下一个干涸无语的我。那时，那个单独坐在角落里的男孩站起身来，气势汹汹地朝我走来。除了一种扭曲的暴力倾向痕迹，我在他的脸上看不到其他自然的特征。在他身后的男孩子们，看起来就像是一场特殊的、嗜血仪式的围观者，那么有条不紊，那么充满期待。他们的身后，接近傍晚的天空窃笑着慢慢下沉，把我丢弃给这悲惨的命运。迅速升起的暮色似乎在驱使着我回到那年少气盛的时代。他连续两次用拳头打到我同一块下颚骨。我的眼镜斜飞出去，掉进了草丛里。他又开始打我，打了两次，又是在同一个部位。我记得我极其害怕，并不是因为怕痛，而是因为担心，如果这个特洛伊的叛徒继续再这样揍我的话，我有可能会倒下，会失去意识。我把另外一边脸转过去。这一次，这孩子再打我的时候，心里似乎没有那么确信了。我直直地盯着他的双眼，嘴里吞吞吐吐地说："今天就到此为止吧。"这却重新点燃了他的气焰——他暴打我的方式，就像一场大冰雹在顷刻间将满园鲜花摧毁殆尽。我全身上下感到各种各样深切的疼痛。那些男孩，慢慢向我们靠拢，站成了一个圈，将我们包围起来。这些孩子已经变得如此疯狂，那样子就像一个人即便他的肉眼看不见那只小虫子，也要使劲把它踩死。这时，我对着这些流浪汉般的观众，发出一阵低沉的咆哮声和喘息声。那个男孩不自在地停了一下，他意识到，我发出的声音让围观的男孩们站到了我这一边。就像我一样，他用劲过度了。刹那间，人群把我推到一边，向他涌过去。那孩子的身影瞬间消失在我的视线里。所有人都对他挥舞拳头，用穿着靴子的脚踢他，用头撞他；甚至连他持续的尖叫声都被我的救世主们发出的咕哝声给无情地淹没了。现在，这个男孩已经成了一个终身残疾的人；但仿佛这一切都还不够，从那天开始，他的大脑就不能正常工作了，他就这样成了人们嘴里的一个傻子。但是，他似乎还记得是什么造成了他悲惨的命运，因为那一天，我母亲在从一场婚宴往回走的路上，几乎被他把头给拧下来。

"生活就是一系列的小爆炸，那响声会慢慢消失，最后停留在我们的脑中。"皮特边说边检查着我六年级的报告。

我勉强同意他的说法。

皮特紧紧拿着这份令人不快的报告，在我面前来回甩动，试图拉回我恍惚的注意力。纯洁正漫不经心地盯着她在缝着的一只袜子。我低下头，却还是避免不了会听见从我喉咙后部传来的高声大笑，以及从耳边传来的咯咯轻笑。

皮特看着我的眼神就像是一个长相丑陋的小男孩发现自己脸上忽然长出了一大片疱疹一般。

终于，他把那份令人不快的报告扔到我的脚下。

"从我眼前滚开！"他大叫着，语气就如同耶稣在说"到我后面去，撒旦"。

我正要快速退出房间时，他又叫我回去。

这时仿佛房间里有一种凝结了的沉默。

但是这断头台的刀最终没有落下来。

我鼓起勇气看了一眼那把刀。

他拿起一把钱扔了过来，说："这是我见过写得最好的报告。去吧，喝个痛快。"

我笑了，心里感到一丝愉悦。

几个小时之后，我手臂下夹着一个包裹回来了，我完全清醒。他正在桌子下面干着她。我还没来得及退出来，皮特发怒地说："进来，坐下。这就是你的家，伙计。其他人都会觉得你是误入了丹尼尔的'狮子之家'。"

我坐下，手里仍然紧紧抓着我的包裹。他敏锐地看了一眼。

"那是什么？"

"罗伯特·格瑞夫斯的一些书。"我说。

他盯着我，眼神很像那些发现可耻家庭秘密的人的眼神，或者说像一个人刚发现自己最好的朋友是个从关着冷酷变态的精神病院里跑出来的杀人狂时的眼神。

我低下眼，轻声地给他道歉。纯洁，还被控制在他的身下，说道："放过他吧，皮特。"

"他是我的弟弟。"皮特说。

接着，他掀开了盖着他们俩身体的毯子。我的脑袋顿时就像一块铅一样沉重，好像要掉下来，一直掉到肚脐眼那里一样。我看了他们一眼。随后，就像一个眩晕的醉汉，我起身，踢倒了一把椅子，跌跌撞撞地朝门口走去。等我再清醒过来时，我已经是在五英里之外一家黑人夜酒吧里边喝着啤酒，边开心地自言自语了。

那天晚上，她最终还是找到了我，可是我已经酩酊大醉，胡言乱语。午夜之后，我在一张床上醒来，胳膊里躺着一个人。我点燃了一根火柴，闪闪的火焰一瞬间照亮了纯洁熟睡的脸庞。一只蓝灰色的蜘蛛趴在她的脸颊上。但是当我拿着火柴靠近她看时，她脸上好像除了隐约若现的酒窝之外，什么都没有。

火柴熄灭了。身边的阴影紧紧围绕着我们，我们就像被困在一片巨大的无声无息的冷暴力之中。她从睡梦中醒来。听她说话，总是感觉到有一种令人微微激动的正能量，就如同天上的片片白云中心总是有一种微微颤抖着的光亮。她谈起很多事，零零碎碎的小故事。她说话时，如此充满热情，仿佛棱镜对照射在其表面的光束能做出清晰的判断，她的话能够让我反观自己的个性。我却一点儿也不记得她说话的内容，这一点就揭示了我本性中肮脏的一面。但是，我也接着和她谈起我感到神经衰弱时的那种感觉：我下意识觉得被一些人包围着，而且只有我才看得见他们。他们不会是我苦苦寻找的黑人英雄——又或者他们确实就是。我不知道。那儿有四个人：三个衣衫褴褛的男人和一个裹着破旧围巾的女人。这发生在我六年级考试之前的几个星期。起先，这三个男人和这个女人只是跟着我去学校，只是在我身边，却不说一句话，就这么站在那儿。当我和朋友们说着话时，紧张地发现他们也紧跟着站在我朋友们的旁边。历史课上，我像往常一样听老师讲课、做笔记。但后来我意识到他们也在教室里，四处走动，跟着老师。老师坐下时，他们也坐下，模仿着老师的每一个动作，看着这些我心慌意乱。还有我们足球训练结束去浴室洗澡时，他们也站在旁边，直直地盯着我赤裸的身体。有一天我真的被吓坏了，于是光着身子直接从浴室冲出去，边跑边疯狂尖叫。之后，他们的攻击变得更加恶劣。他们开始说话。尽管我看不见他们，但我被强迫着听他们说话。我的朋友们听不见任何声音，于是我开始怀疑每个人，怀疑他们有意对我暗中使坏。我变得一发不可收拾，精神科医生说我出现这种感觉时必须要去上相关的课程。我开始花大量的时间在艺术室作画。在那里，我惊恐地发现，我只能画出具有阴险、邪恶感觉的作品。与此同时，那些人的声音还在继续折磨着我，越来越强烈，越来越残暴。我从来都没告诉过医生，那些声音到底说了些什么，不过我给皮特寄过一些言辞激烈的信件，要求他告诉我"事情的真相"。他懒得给我回复。（我现在正有意发表那些奇怪的信件。）那些声音里说到了我母亲沦陷的道德。因此，我在这张烧着煤的床上不安地、充满愤怒地翻滚，日复一日。空气中散发着罪恶的臭味，还有羞愧的味道、狂暴的味道、丑闻的味道。种种纠结和挣扎在我的脑海中出现，像一座座大山向我压过来，直到那些来自地狱般的声音像地震一般，把这些大山般沉重的思想斗争夷为平地。然而，其中愚蠢、可笑的一切仿佛依然存在。那些该死的英雄都到哪儿去了？虽然我有恐高症，但这无法阻止我攀爬精神的悬崖，去挑战它的极限。而那些恶魔，当它们发现这个饥饿之屋无人顾及，就趾高气扬地踏着步子从大门走了进来。假如我是个坚定的无神论者，也许……像人们从旅行箱里一件一件取出行李一般，这些声音把我犯过的每一个小错误都揭露出来，把它们像展品一样摆在我眼前，同时不停地嘲笑我。每一个邪恶的想法——从好色纵欲到贪慕虚荣——统统都清楚地展示在我眼前。我感觉自己就像是烂泥堆里的一条蠕虫。身边的这些东西、气味，其他各种事物，仿佛它们中间都带着镜头，镜头捕捉着一颗颗小牙齿不断啃噬我大脑的画面。我张开嘴，想要辩解，可这些声音不但知道我的意图，而且控制了我喉咙。我强迫自己开口说话。可我的声音仿佛被那些透明石头反射的光吸收了。一束束耀眼的强光，钻石般刺眼的火花在一遍遍疯狂地旋转，直到我无法再忍受这剧烈的头痛。我的身体状况日益恶化，严重的心悸颤抖出现了。当我查读了《大英百科全书》中关于心脏病的信息之后，情况变得更加糟糕。我感到非常寒冷，我这一辈子都未曾感觉到如此寒冷。我的思想都快冻结成冰了。我的声音也像冰一般正在破裂，继而发出奇怪的响声，这使得我暴躁如雷。这时，我感觉仿佛有东西占据了我的身体，那些长期以来我认为很正常很普通的画面和符号突然呈现出一些奇怪的色彩，我却连一个字都说不出来。我开始思维紊乱，胡言乱语。我和自己声音之间的连接被割断了。听自己说话，仿佛是在听一个从大脑深处传出的微弱的、安静的声音。我打个比方，感觉是这样的：英语是我的第二语言，而绍纳语是我的母语；当我开口说话，就感觉到有两方在无穷无尽地争吵，一方总是用英语在表达，而另一方总是在用绍纳语。同时，我清楚地意识到我自己是独特的，是脱离这两种文化背景的。英语和绍纳语之间这种愚蠢的竞争关系让我感到压抑。我不懂其他语言，我的法语和拉丁语水平有限，使用它们对话时我非常谨慎。但是有几天晚上，我也感觉到法语和拉丁语竭力想要冲破英语和绍纳语的阴影笼罩。几种语言之间斗争激烈，以至于我说不出话来。这些对话、辩论、请求持续不断地想要挣脱我的控制，赢得它们自己的独立，而我则是彻彻底底地被镇静剂给控制，思想四处游荡，却完全失去了说话的能力。就在那时，它们开始大笑起来。这笑声听上去是如此粗暴和下流。这仿佛让我的整个世界都沦陷为一坨臭屎。肮脏的臭气钻进我的食物、我的画作、我的书本，还钻进了我的梦境里。我所触碰的每一样东西都变成一种夹杂着恶臭的可怕事物。只有茱莉亚一个人能使我远离这恶毒的笑声。学校里的每一个人都觉得我变成了个"疯子"，有时其中的一些男孩，包括哈利，都要捉弄我。有一次，他们想办法把我赶出了寝室。修道院给了我一个房间，我就在那儿控诉他们企图毒害我的事情。虽然在那些日子里，茱莉亚也有些令我抓狂，却是唯一一个使我能够活下去的理由。她对性事无所不知，技巧又娴熟，和她在一起，有时我甚至都为自己的灵魂感到担心。

之后有一天下午，太阳的周围出现了一圈光晕，随后，光线又变得模糊而苍白。这是下雨的征兆。那天晚上——我们在复习功课，当时应该已经是九点半了——一股强烈的光线突然爆发，带着一股恶狠狠的力量，穿透了潮湿的空气。一瞬间，颗颗硕大的雨滴从天而降，打醒了沉睡的大地。响声震耳欲聋，画面让人望而生畏，这倾盆大雨几乎吓得我感觉要过早衰老。这疯狂的、各种事物交织的场景看起来仿佛是不可能发生的。暴雨如注，倾泻而下，淹没了整个学校，雨滴打在我们身上，几乎要打得我们失去记忆。大雨像阵阵鼓声敲打着石棉瓦，敲打着窗玻璃，持续不断地敲打着我们的大脑，直到我们无法再忍受下去。瓢泼大雨从天而降，黑沉沉的一片，地面上溅起了巨大的水花，聚集到肮脏的水沟之中，同时像一个个扇在头上的巴掌，啪啪作响。它不断咆哮着，水花四溅，哗啦哗啦，从无边无际的黑暗天空肆虐而下，张扬而又疯狂，势不可当，威力无穷，像无数条鞭子狠狠抽打着地面，又像是无数条在水桶中狂怒跳跃的银鱼。我们的脑子里仿佛有泥水坑在一遍遍地不断搅动，然后慢慢凝固在灵魂的肩膀上。这滂沱大雨让整个学校陷入了狂热的激情，瞬间沸腾，如同煮沸的黑色浓酸四处飞溅。天空仿佛也变得愤怒起来，将石子般的雨滴砸向学校，我们被大雨无情地包围着，失去了思考的能力。高呼着，狂怒着，大雨像一根根尖锐的针扎进我们的大脑。它不断膨胀，扩大，外溢，打湿了我们全身，它的咆哮让雄狮的吼叫都失去了力量。它渗进我们的大脑，浸透我们的言语，让我们完全说不出话，只能张着一张湿透了的嘴。空气中只剩下一种味道，而像胶水一般紧紧沾在我们衣服上的就是那股强烈的恶臭味。大雨之中有一些东西仍在飘浮着，那就是我们之前的信念。墓地里，那些简陋的墓碑被这种空气腐蚀着，旁边的小树枝和十字架已被一扫而空。一名喝得醉醺醺的老师粗鲁地说，再也不要看见它了。那场大雨，仿佛打得你无法呼吸；那场大雨，持续不断打在鼓上直到它破裂，空中的闪电就如同一根根细丝带，缝合了精神的伤口。这雨就像是个发了疯的人，喋喋不休地、快速地贴着天空的耳朵说着话，又像是一个人，突然之间崩溃，猛然间倒在墙上，就这么失去了自我。这是一条汹涌而来的大河，咆哮着怒气，只有底部的岩石才能打破它。大雨，摧毁了工人们的住所，用它那坚硬的指节铜环残忍地击倒了那些小屋。它推倒了泥墙，掀起那脆弱的房顶，砸在倒霉的住客身上。那一夜，所有住在工棚里的男人、女人及孩子，全都在为他们的家园而战斗。面对大雨无情的冲击，他们悲痛却努力地建造、再建造，直到那一面面墙再一次摔得粉碎。天空仍然冷酷无情地不停往下滴着水。那一场雨，它咯吱咯吱地磨着尖牙，砸到任何东西之后就形成一

层层泡沫。这种争吵让我们头晕目眩。这些扑面而来的言辞一次
又一次影响了我们，就像一桶桶砸在我们身上的水一般。我们身
体之中，好像有些什么病态的东西被释放出来。它正在灼烧，正
在发炎，仿佛是急速而至的疼痛，又像是一种直觉，意图将我们
体内的疯狂驱赶出来。它弄破了我们牙齿的外膜。我的苗床彻底
被摧毁了，在雨中还有一些宿怨的种子膨胀着变大，它的那种生
腥味往下一直扩散到大地的秘密之处。它沾满泥泞的双脚已经蹂
躏和玷污了我所珍视的一切。它侵蚀了我的记忆。它把前些日子
里那唯一的太阳变成了它的阶下囚。人类灵魂的颜色开始顺着帆
布往下流淌，直到世界上所有的事物都在相互毁灭。

　　我好像刚刚在五秒钟之前听到这歌声——但事实上，二十五
分钟已经过去了，因为我听见学校的下课铃已经响起，意味着这
节课结束了——这时我才意识到，我整个人都僵硬了，感觉挪不
开脚步。我多么害怕要一个人穿过那狂风暴雨，我宁愿一个人在
我的小工作间里度过这个夜晚。哈利的工作间就在我隔壁，他开
始略带悲伤地唱起歌来：

　　　　一个妓女摇着她的大肥臀嘿！
　　　　一个妓女摇着她的大肥臀嘿！
　　　　我死后，会为你留一个地方嘿！
　　　　我死后，会为你留一个地方嘿！

人们在房间里来回走动。艾德蒙德放了个屁，斯蒂芬嘴里大声说着关于夸梅·恩克鲁玛的一些事。女生已经离开，大部分男生也很快走了。这时有个东西掉在我打开的书上。我差点要尖叫出来，但随即控制住自己，我明白那是什么，于是愤怒地转了个身。又是一个恶作剧！哈利充满同情地笑着。

"它可不会引诱你，这是假的啊，伙计。"哈利说。

他一边说一边伸出手臂去拿回他的塑料蛇玩具。

我气得几乎说不出话来，立刻把他打倒在地，还没来得及考虑清楚，就已经抢起我的凳子一次又一次地朝他的背狠砸下去。随后我甩开凳子，忽然感觉到此时令自己更恐惧的是内心的变化，而不是哈利的伤势。我透过几道光亮向外张望，在那风暴之中，有东西不断在我脑中闪烁。我想我那时心里清楚等待着我的是什么命运。但我还是觉得异常兴奋，仿佛最糟糕的事情已经发生了似的。这是一个错觉——但也是朝正确的方向前进了一步。有些事是坚决的、确定的。我正思考着，此时道道闪电划破了天空，雷声轰轰，哈利拎起凳子正要砸向我的头，幸好我闪躲及时，避开了大部分的袭击，但他还是打到了我的侧面。还没等我回过神来，哈利已经冲出房间，向暴风雨里跑去。这时我快速捡起那条橡皮蛇，塞进袋子，也追着他跑了出去。暴风雨捆住了我的身体，用力向前推着我去追哈利。石块般大的雨滴随即浸透了我的五脏六腑，然后我突然感觉有什么东西跳上了我的背，把我压倒在地，让我在夜晚泥泞的地上面朝地摔了个大跟头。我像是被什么东西踩在脚下，跌入肮脏黏滑的泥地。我伸手抓住了一条腿，拉了一下。哈利也摔倒了，嘴里不断咒骂着。接着我们像疯子似的互相攻击，却谁也占不了上风。我们全身沾满了泥水和血水，猛烈的大雨还在不断狠狠地砸在我们的头上。我们俩一直打到筋疲力尽，挥起的拳头已经连一个冰激凌都打不扁。真是这样，我们打架的样子就像是爱人间互相打闹，斗争的火气变成了互相拥抱的感觉。用脚互踢的感觉倒像是在打情骂俏。这时，有一个亮得刺眼的东西突然在风雨中爆炸，把我们一下子击倒在泥地上。我开始大笑起来。哈利也开始大笑起来。我们俩都感觉如此的无助，仿佛这笑声是控制暴风雨的最终力量。这是一种全新的、清醒的力量——就是这种疯狂战胜了去大马士革旅行的波林一家。我们一边笑着，一边脱下衣服，用手沾着泥巴在对方的身体上胡乱涂画。而后我们在地上翻滚。我们如此沉醉其中，根本没注意到我们不但就这么站在这石子路的正中间，对面还有一辆车用大灯照着我们——它停了下来，司机不停地按着喇叭。我们的样子看上去一定是比鬼魂还要糟糕。哈利出了个主意，说去把那个老头吓到半死，结果却不尽如人意。那个老头是我们的历史老师，从此以后，他再也没有从那次经历中恢复过来。他突发疾病，几乎无法动弹。有天晚上他们发现他在自己的屋顶上大喊说自己是先知以利亚，于是学校就换掉了老师。哈利和我回到宿舍后冲了个澡，就在那时奇迹发生了——我几乎是兴奋得要唱起三重唱。它们已经消失了！我感觉得到。它们自己消失在无形的风暴之中。恶魔已被驱逐，变成了加大拉的猪群。生平第一次我感到自己完完全全是孤独的。完全只身一人。就好比是一个人的大脑之中发出如风暴般的怒吼，别人却毫不知情。这使我有些害怕。我正学习怎么收敛自己。

"你觉得这是怎么回事？"我问。

她一语不发。

我和她说话时，她已经睡着了。

她的父亲是罗马基督教堂的一位牧师，但命运之神并未一直眷顾于他。同其他食不果腹的流浪汉一样，他也有一个艰难的开始。后来，他幸运地遇到一个好机会——遇见了一位虽有种族歧视却乐善好施的白人牧师——助他走上了一个人生台阶：他成了一位传教士，用教义欺凌老老少少，谴责那些反对他理论的妇女，指控她们施行巫术。他获得了合格证书，接着很快就成了执事，又晋升为牧师。除此之外，一个人还想得到些什么呢？一个妻子，几个孩子——这些他都有了。然后，从自家烟囱到教会讲坛的模样，他开始公然抨击所有非洲的风俗。从书桌到垃圾箱，他用手推车把一件件他认为沾满了污秽传统的物品运走。而现实之中，这些传统恰恰是他的同胞脑中唯一留下的力量。后来，纯洁——

就是他给她取了这个愚蠢的名字——她怀孕了，于是他火冒三丈，如同一头被斗牛士玩弄于手的公牛一般。他眼中看到了一团红色，抽着一鼻子的灰尘，他用巨大的牛角把她给顶了出去。从那以后，他就开始专注于政治，以及哈利。关于我们六年级的事他提到了两次，每一次都找出理由叱责我对衣饰的不敬。第二次就是在我神经崩溃期间，我那时大声呼叫："就是你们这样的人把我们给逼疯了！"我还想再说些什么，却开始结巴，然后他就趁机说："是你身体里的那只野兽，年轻人，腐蚀了你的心，让它充满黑暗。"

他继续说："谦卑是通往政府大厅的入口。我所说的谦卑是指：除了身体里面的人猿之外，你一无所有。然后，耶稣降临……"

我拿起墨水盒朝他扔过去，但没打中他的头，而是狠狠地砸到了后面的墙上。

但他喊得更响："除了一只在你脑中大笑的猿猴之外，你一无所有。白人已经来到这里。看看你的周围，工业和进步都已经开始……"

一大块面团直直地打在他脸上，但这似乎使他更有力量，他从体内最深处使出全部力气说："恺撒的物当归恺撒。圣保罗自己，在……"

此时，从房间各处飞出另外三块面团，直接打中他暗灰色的头。

但他坚决地摇了摇肩膀，发出胜利的呼喊："……在罗马的使徒书里明确地提及，最高的基督徒美德是忠诚而不是反叛。"

他特意低下声来，用一种透露秘密的口气继续说话："我曾经也像你们一样，感到焦躁不安。听着，我从来都没有机会——你们现在拥有的这种机会——接受正式的教育。我的青春时代是在饥饿和不安中度过的，但我并不是因为物质世界的匮乏而感到饥饿；我不安，更是因为我期待着一个伟大时代的到来。你们当中了解我的那些人知道我是一个无家可归的孤儿：没有住处，没有食物，没有父母，没有兄弟姐妹，也没有身边朋友的安慰。我的心中有一种巨大的空虚感。这种漫无边际的空虚感就是对心灵黑暗的恐惧。"

（"那恐惧——恐惧！"艾德蒙德将信将疑地一遍遍模仿着。约瑟夫·康拉德是我们那群作家当中的一员。）

这时，门被猛然推开，约翰逊神父激动地走了进来。他朝我们的杰作（墨水和面团）看了一眼，同往常一样，他看上去如此地震惊，周围的人好像都不敢呼吸了，唯恐我们的呼吸把他击倒。最后，他拽着牧师的手臂，把他拖出了房间。当身后的门轻轻关上时，艾德蒙德大声果断地说："各就各位，预备，跑！"顿时，整个房间回响起各种嘈杂的声音，有猫叫、鸟鸣、狼嚎、犬吠，也有尖叫声、口哨声，还有屋子里那些桌子被敲得四分五裂、伤痕累累而发出的声音，这几乎要使人神经崩溃。

"该死的传教士！"

"该死的白人!"

"他们有的,是《圣经》!"

"我们有的,是这土地!"

"现在却被他们抢走了!"

"我们却要学习《圣经》!"

"竟然背叛我们,真是混蛋!"

(哈利看起来仿佛是被约拿的大鱼给活吞了一般。)

"还有唐维拿怎么办!"

"还有科莫去哪儿了!"

"西索尔!"

看起来哈利仿佛还在那大鱼的口中,头脑已经混乱,口中开始大声乱唱一气:

  一个妓女摇着她的大肥臀嘿!

  一个妓女摇着她的大肥臀嘿!

  我死后,会为你留一个地方嘿!

有人误以为哈利的歌是有关政治的,于是也开始加入:

  我已经筋疲力尽!

  我一无是处,筋疲力尽!

接下来发生了什么事情，我不太清楚了，只觉得有东西撕开了我的大脑。这一群人快速地冲上前来，透过眼角，我看见哈利正怒气冲冲地朝我跑来。我正想张开嘴说些什么，却感觉到那儿有一个充满黑暗的深坑，我正慢慢地陷进去，我眼冒金星。几个小时后，我在飞溅的火花影像和一股浓重的血腥味中醒了过来。我感觉到我的头被恶魔困在冰冷的桎梏中。我想伸手向前，扯开绷带，但感到湿漉漉的伤口阵阵刺痛，原来我摸到的只是他们给我缝合伤口后的针脚。这些针脚足以将我脑中的一面高墙与饥饿之屋的那面高墙织在一起，织成许许多多的网。

我的大脑渐渐地变成了那个房间。那个房间——地板、房顶、墙——所有的一切又被其他房间包围起来。墙上贴着海报，褪了色的海报仿佛覆盖了我脑中如蛋壳般裂开的缝隙，覆盖了这个房间墙上的缝隙。一张画着土，一张画着火，一张画着水，一张画着空气，还有一张画的是一块石头。它们互相融合，覆盖着那些裂缝。另外有一张画的是林区居民的生活，用一系列的线条精确勾画出捕杀羚羊的那一瞬间。画家透过内心的镜头，通过娴熟的笔画巧妙地表现出人类生动的表情。墙上还有一张很旧的画，它的边都已经凹凸不平，上面画着一个黑人，跷起一只脚放在另一条腿的膝盖上，一手握着廉价雪茄和一支卷烟，笑着。他的脸颊上钉着一张价格标签，上面写着"富加德"。他奶油色衣服领子上一颗星星形状的小徽章向上翘起，跳跃在我的放大镜前，发出尖叫："我是我。"他菘蓝色领带上的金色扣子指着身体的私处，表示这是一个双性人。

天花板上糊着一些皱巴巴的碎纸片，就好像是天空被一把旧的剃须刀粗糙地剪成了很多碎片。纸片的中间，看得到很小的、用黎明前的灰白天空那样的颜色写着的几个字母，就是"CIVILI-SATION"（文明）这个单词。但是有些愤世嫉俗的破坏者故意用笔把这个单词乱涂一气，并写上"BLACK IS"（黑色才是）。

地板是一面镜子，用相反的视角叙述着天花板的故事。同一个破坏者——也许就是艾德蒙德——在上面涂上了红色的文字"ART IS FART"（艺术就是放屁）。

我刚刚进屋几秒钟，就听到微弱却令人发狂的声音。我调整了姿势，仔细听着。这声音是从远处传来的，是其他房间里来回走动的脚步声，这房间就紧挨着我的房间。我能清清楚楚地听见一步接着一步的声音，来来去去。就在我双眼中间的那个位置，重重地踏着步来回走。

那儿有扇窗户。

我朝它走过去，把头伸出窗外。

那儿有成千上万扇窗户，有很多伸出窗户的脑袋。像我一样的黑色脑袋。

我缩回头来，盯着窗户看。

此时它变成了一面镜子。

我又把头伸了出去。

成千上万个黑色的脑袋在成千上万扇窗户里伸出来。

这时突然发生了爆炸，火花穿过我的脑袋，像一颗流星坠落，留下星星点点的痕迹，而后又化为无数闪亮的萤火虫。

或者说这些火花像火百合。

一个打斗着的影像从幽暗的天空中飘浮而下。当它飘到我眼前时，我看到这是一个黑人和一个白人互相拉扯，彼此困在与对方的斗争中。

刹那后，这影像分裂成碎片，进入了我的房间，把我打到房间的另外一边。这两者的战斗发展成无穷无尽的循环，火星四溅。

燥热带走了我脑中的氧气。

打斗愈演愈烈，在我耳边怒吼着。

我看着他们。

那影像不见了。

但在地板上躺着一颗由厕纸剪出来的星星。

柔软的厕纸。

我伸手摸了摸，吹了口气。

扑——呼——扑。

它飞了起来，在空中上下盘旋，来回起伏，然后朝着窗户飞了过去。它的下面写着"ZIMBABWE"。

那些黑人英雄……

我把头伸出窗外。

这颗星星向上飞去，直到变成眼中的一点亮光。

旁边有人正在冲厕所，臭味顿时淹没了整个房间。

在无梦的黑夜里，我的思想自动在黑色的页面上用笔写下了故事。早上醒来，整页纸都被写得满满的，不留一点空隙：故事是完整的。我一边读着故事，一边感觉到仿佛每读一个单词，它们都会进入我的大脑里。接着，它们又把缝针线从伤口上拿走。我整个人又完整了。这些伤口缝线的故事后来发表了。读者对此做出可恶的评论，结果那个故事现在不准印刷了。

但是那些缝合伤口的针线、针脚，那些诗歌……

阳光照射进来，照亮了在刷白的墙上结起的阴暗灰尘。苍蝇嗡嗡地唱着它们的赞歌。一只长毛蜘蛛展开它的八只脚，警觉地看着我。一条变色龙正从容不迫地划开墙上灰尘的印迹，吸吮着嘴唇，眼珠转着，盯着我脸上的酒窝看。几朵云随意地飘过太阳，在我身上留下一道特别的阴影。脚下各种各样的野草轻柔地来回交谈，时不时地停下来，责骂我那笨拙的鞋子。一颗飘浮的种子摇晃着，徘徊着，落在我布满伤疤的手腕上，它不喜欢这个地方，于是又慢慢地消失在空气中。半空中一只乌鸦在盘旋，缓缓地停在我的头顶沉思；一个液体炸弹落在我那少年白的头发上，溅得沙沙作响。这是那位圣人对我性格的评价……

但是那些缝合伤口的针脚……

一盘盘肮脏的食物在一片责骂和吵闹声中被散放在布满油脂的桌子上。一大堆空啤酒瓶杂乱无章地散落在沾满污垢的洗脸盆内。壁橱开着，里面放着几个装着盐和胡椒的罐子，以及一个像沾着鲜血的番茄酱瓶子。这些看一眼都觉得恶心，我赶紧跑进了厕所。

我坐上去的时候，马桶盖没有移动。厕纸不太容易被扯下来，所以我非常用劲。当我摇动马桶的手臂，它感激地往下冲水，我拉上我那紧身的裤子，水还一直在哗哗地冲着。

是的，那些缝合伤口的针脚，那些诗句……

我踩在碎石路上，感觉到颗颗沙砾用牙齿摩擦我笨拙的鞋底。一股冰冷的空气从我的脖子后面缓缓进入，对我低声言语，仿佛是地底六英尺深处的骷髅头正在直直地向上盯着我看。

我的嘴唇靠近窗格子，玻璃上起了一层薄薄的雾水。我能看见在大厅里，有成千上万的脑袋来回摇晃，偷偷地喝着大瓶大瓶的啤酒。台上有五颗脑袋，其中一人正对着一个麦克风不停摇晃，另外三个正疯狂地弹奏着挂在肚子上的吉他，第五个人，全神贯注地敲打着手中的鼓，估计这只鼓已经不知痛为何物了。离舞台最近的地方，有一个人，他的头上有伤疤，他跟着音乐，靠着一张椅子跳着笨拙的舞蹈。

这些，也是缝合伤口的针脚……

去年冬天你穿了多少羊毛衣服？

那些经历过痛苦之巅的人们已经把旗帜插在了山顶。我们其他这些人倒也不如——

"把这些缝合伤口的针脚写成书出版？"

"不。"

那些针脚就像巨大的山脉一样遍布整个国家。仍有一些血从里面渗出来，就像孩子牙齿上沾了一滴红色的墨水。我盘中的血迹仿佛在痛斥我对食物的好胃口。第二天早上她离开后，衬衫上的污渍怎么也洗不干净。可天空中，不论从上往下看还是从下往上看，上帝留下的污渍都是美丽的。

那些只会侵蚀精神的人……

"该死的！"茱莉亚突然骂道。

"又怎么了？"我问，假装不知其原因。

"你啊。"

"抱歉。"

她嘴里发出"哼"的一声。涂满指甲油的指甲微微闪着光，像爪子般夹着香烟。也许她认为我很容易上钩。当我想到，她已经变成了那种只有靠爪子中间那东西才能保持清醒的人，心里有些许难过。还有留下的那些污渍。污渍！那酒保，深深地被她的两个大乳房给吸引了，下流地把她想象成纸上的一块污渍。这真像是我们那个时代一个真正的英雄，能把每样东西都弄成狗屎。

"菲利普在做什么呢？"她问道。

"打广告。他正考虑换去RTV。"

她正盯着这边。我知道接下去会发生什么事。酒精总是把她变成这个模样。她盯着别人的方式——我急忙低下头看看自己的"大前门"是不是开了。还好没有开。我说："菲利普和我正要拿出一本杂志。关于诗歌和短篇小说的。我们想做莱蒙托夫做过的事情。两个和他一起工作过的小伙子——道格和西泰将会加入我们。他们俩是白种年轻人，但是道格因为吸毒被警察抓了进去。西泰则为了逃避警察的追捕而离开了这个国家。因为警察总是盯着我，叔叔把我从家里赶了出来。我们的杂志未能成形。菲利普没有被解雇，算是幸运的了。"

我停了一下。

她仍旧用那种仿佛要将我上上下下解剖一番的眼神盯着我。

仿佛有一个装着清水的玻璃杯，倒在桌上，水流出一半却忽然凝固了。我的感觉就是如此。

我急切地继续说着："菲利普经历了一段艰难的时光。当然，由于某个女人的关系，他再也不能完全相信我。我的意思是他唠唠叨叨地一直不停地说起一个像犹大一样的人物。就是背叛了特洛伊的那个人，叫因卡纳，对吧。想象一下一个人身体里装着一个特洛伊木马。是谁口口声声说着世界上再没有比希腊花瓶人物更精致的东西了。《希腊古瓮颂》和其他类似的作品。当然，这全都是腐化堕落的思想，但我们在一起讨论的就是这些内容。不论有多卑贱，人类身上总有一点神圣的火花。用逻辑来分析总是有限的。还有关于那些野蛮人和那些马的事情。你还记得洛本古拉写给女王的信吗？'不久之前，一群人来到我的国家，带头的人名叫拉德。他们向我请求，要找个可以挖金子的地方，并且说会给我一些回报。我说先让我看看他们能给我们提供什么，我再给他们看我能赐予他们什么。他们写了份文书，交给我签字。我问上面写着什么，他们说就是我们互相约定的内容。于是我签了字。大约三个月以后，我从其他人那儿听说，通过那份文书，我已经把开采我国所有矿物的权利交给了他们。我立即召集部族的头人，以及白人首领开会，要求读一读那一份文书的复件。结果发现，我确实把开采所有矿物的权利让给了拉德和他的朋友。'可怜的人。但我们变成现在这种情况，并不怪他。当然，他真的是愚蠢的。把自己的脑袋伸进了潘多拉的盒子，也真是罪有应得，就像一只把手伸进了陷阱的狒狒。当然，假如那个老家伙还活着，你和我都会变成奴隶的。莫格比首领因为拒绝向统治者低头而遭到杀害。哥莫首领也是一样，结果他们用七磅火力枪和一把马克沁枪打死了他和他手下的人。我想无论是英雄的德贝勒还是兰迪——詹姆森帮会，都不愿意成为他们的奴隶。詹姆森说：'马绍那人成了白种人的下人。'米特沙特说：'假如马绍那人不属于国王，那属于谁？'当然，那一年最委婉的说法来自洛本古拉，他提及白人时说：'你们这群人一定是想从我这儿得到些什么。'"

"接着，"我说，"就打仗了。真是一场特别的战争。马克沁枪和其他各种枪开始对战，不到十五分钟，全国上下就已尸横遍野，伤者不计其数。这就发生在尚加尼。贝姆贝兹也发生了枪战，不到半个小时，上千恩德贝勒人倒下了。洛本古拉逃到了布拉瓦约。穿过尚加尼之后，他宣布战败。他说：'他们打败了我的军队，杀害了我的臣民，烧掉了我的牛栏，抓走了我的牛群，可我不想打仗，我想要和平。'这个人身上最让我感到懊恼的一点是，他曾经是挺喜欢白人的。他曾经像屠杀牛羊一般，像德国人屠杀犹太人一般杀害我们的民族。可他竟然喜爱白人，甚至还对他们委以信任。他还想知道维多利亚女王是否真的存在，男人是否可以娶很多妻子，诸如此类的问题。我的意思是，我们的历史就只有这些吗？这其中实际上充满着可恶的欺骗，还有各种各样的阴谋诡计，白人流浪汉，双手沾满鲜血而唱着基督徒战士勇往直前的传教士们。该死的，英雄们都去哪儿了？你还记得贝姆贝兹一位勇士在死去之前所说的话吗：'啊！简直是难以想象，依姆贝祖的部队居然被一些胡子都没长的白人给打败了！'毕竟，当时即便是拉德特权部队也几乎在喀拉哈里沙漠走失，洛本古拉那个家伙更是完全不知所措，他手上只有金子、香槟、白兰地和啤酒。当他不再心存希望，就把这被诅咒的人们埋在一个食蚁兽的洞穴，而那个愚蠢的布须曼人还帮助了他。于是我们都走到了这儿，身上粘着发臭的历史的污渍，不断堆积，不断发泄。"

我停了下来，因为我看到她清澈的大眼睛里渗出了像水晶一般闪着光的泪水，她的四肢也变得僵硬。莎士比亚说，他的眼睛如珍珠。通过窗格子上的反光，我能看见那些珍珠是如何挣扎的，它们的痛苦一目了然。我无法忍受它们放出的强光。我不停地摇着头——脑袋里现在装着的是一团酒精。难怪我会这么东倒西歪。怎么会这样，都已经受过这么好的教育……

"有个混蛋，"我说，"有个混蛋打了菲利普的妹妹，她的名字叫安妮。她被打得青一块紫一块的。他还狠狠地强奸了她。但我们找到了他——我找到了他。他还以为自己能躲在内斯达的身后，可我把他给抓出来了。我给菲利普打了电话。就像拿起一把镐，然后把一个结婚蛋糕砸得粉碎，菲利普几乎把他揍得全身都散了架。"

茱莉亚微笑着，嘴角像是冒出了一颗星星。

"黑人怎么会被打得青一块紫一块呢?"她果断地追问。

她紧紧地抓住这个话题，因为她认为这样就能恫吓我，就好比那个无情的小男孩总是在同样的地方鞭打变成了金驴的卢修斯一般。就是那样，他总是用一根大棍子在那块发红的皮肤上狠狠地抽打。

"这只是个说法罢了。"我不耐烦地说。

她对安妮的事情不感兴趣。有时人们本不想知道的事情，却在无意间了解更多。不是每个人都想明明白白地活着。比如，我就不想知道自己对母亲真实的感觉，以及对纯洁真实的感觉，还有对——但是茱莉亚想把话题转移到这些上面。

"这并不是，"她反驳道，"你整个人已经非常混乱了。"

大多数受过教育的非洲人都喜欢"非常"及"事实上"这种说法，还有"不是这样吗？"这个句子。它们是通往成功的诀窍。事实上，与此有关的阶级意识和守旧势力深深地扎根于非洲精英人才之中，这些人就是那些对这世界的错乱毫无知觉，而高声呼喊着"自由""一夫多妻"的人。至于我，我当然有自己的口头禅和比喻，让那些急于听故事的人知道我是怎样的一个混蛋。哈利是很有个性的，我也是……但是茱莉亚已经迫不及待地想要揭示这个可怕的现状。

"我懂。"我急忙说。

"不，你不懂。有时是因为你……你说话的方式、你的情绪，还有你那好像从来不用心看待事物的态度。"

她涂着指甲油的手指伸了过来，把我的拳头合上。那些鬣狗、野狗和秃鹫最终发现我并不能保护自己。因为在她之前那些野狮子早已把我骨头都啃噬干净。我一直在想，人们是怎么判断他们的猎物已经被吓得投降，可以准备开始吞食的。也许这是他们的本能。史蒂芬有一次说，他抓住艾德蒙德的弱点，然后利用这个来获得自己的战利品。洛本古拉最终屈服于罗得斯的脚下。我们这代人从里到外，已经彻底腐烂了，烂到了肠子里，就好像每个人的脑子里都有一个小型的电钻，不停地转着。

她笑着，露出的尖尖牙齿微微发光。眼睛一闪，突然想到了什么。

"你痛恨自己是个黑人。"她说。

我变了色的牙齿疼了起来。又开始谈这些了，我想。一个腐烂空虚的灵魂能否像蛀了洞的牙齿被牙医填满一样来获得修补呢？她是想让我炫耀我的尖角和蹄子吗？假如换牙是孩子自然生长的过程，为什么我的牙不能在酒精中换一换呢。哈利那牙膏一般顺滑的性格，我和我的假牙。此时有闪电出现，把空气缝了起来。

我吞了一口。我的声音变得嘶哑。我的牙龈开始疼痛，仿佛八十年的肠穿肚烂之后，基督马上就要再降临。

"你仔细看看我，"我说，"然后看看你能否重复刚才所说的。"

她久久地、细细地打量着我这张与众不同的脸。

接着她大笑起来。

我的声音变得越来越低，越来越远。记得当时，只感到一种无力的愤怒，全身麻木，无法用理性思考。我用低低的声音快速说着话。我能感觉到脑袋里面，有个锋利的手锯在快速地、疯狂地拉扯着我。酒保的脸一直在抽搐着。

屋外，不计其数的苍蝇被看不见的指挥者煽动着，变得暴躁、发怒，嘴里还哼着亨德尔的《哈利路亚大合唱》，越唱越响。

这时，金属薄片般的微弱阳光，随着一点点残缺不全的喜悦，闪烁着暗淡的光芒。

——那个老头子死在了二十一世纪的车轮之下。除了血迹和身体被碾碎了的几个部分，什么也没有留下，他的整个身体被吃得精光。这也正是发生在我这一代人身上的事情。不，我并不痛恨自己是个黑人，我只是厌倦了要宣称黑色是美丽的。不，我并不恨我自己。我只是厌倦了他们抡起拳头来打我。我厌倦了在门口绞尽脑汁地思考问题，我不想继续被别人推着走。我真的无法理解。没有一件事能如我所愿。我们的生活被一个残酷的可笑的讽刺所控制。有时，获得自由的机会只有人身上腰围那么宽。推土机已经开过，我们的英雄曾经翩翩起舞的地方现在除了留下一块丑陋的污渍，什么也看不见。他们拉开了我们这个民族的翅膀，让我们直面烛火。结果除了那些老态龙钟的神灵的生殖器，什么也没有留下。我的生活——我的生活就像一张蜘蛛网，上面交织着微小的骨架——我的生活——

"哦，糟糕!"她嘟囔着，好像是突然记起了什么。

"我的生活。"

话从嘴边源源不断地涌动而出，我一边说一边流出了汗。

她伸出鲜艳的香舌娴熟地舔了舔酒杯的边缘。"你不用和我做一样的事情。"她说。

我深吸了一口气。

"你还要继续提起我的旧伤痛，是吗？"我问。

"就是为了让你能够清醒一些。"她说。

"我并没有什么不清醒的。"

她抓着我的手，用指甲掐进我的手腕。

"你不是老提到之前干那事吗？"她说。

再一次，我感觉到自己无地自容，尽管这一次的过程更加缓慢。我屏住了呼吸。

"管子。"她说。做人就是这个感觉。管子的里面是各种内脏，缠绕在一起，成为一个结，红色的结。

"让生活陷入水深火热的内脏，一种预言。"我低声自言自语。

"我年轻的时候，"她说，"一直都很想看看我体内的各种器官。想把它们都剖开，看一看究竟是什么样子的。"

我用手中的酒来遮掩自己的样子。

"还有用那个润滑剂感觉怎么样？"她追问着。

"奇怪的感觉。"

"今早我起来时没感觉有什么异样。"她说。

我的下体感觉抽动了一下，瞬间把她变成了一个纯粹的容器，把那个让一切都变得肮脏不堪的污迹射进她的身体。

"我的感觉还是如此，"她说，"我可以和那个老家伙再拍一次那样的照片——他的名字是什么来着——他床上功夫了得，扭动的腰不断三百六十度打着转转。他是叫什么名字？"

"西泰。"

"你觉得白人女孩的床上技巧更好吗？比如那个叫帕特丽夏的女孩。"

"天气很潮湿。有点黏糊糊的，还有点闷，感觉到假如下沉到底下的石头上，就没法压抑心中的感觉。"

她震惊地看了一眼。"我听不懂。"她说。

"那一定是摔碎在石头上了。"

这时她松开了我的手。但马上又警觉起来，快得就像是宙斯派遣赫克托尔下凡时发起闪电那么迅速。"你为帕特丽夏写过诗吧，是不是？我看你们俩交谈的方式，你应该会……"

"好吧，好吧。你加在我身上的每一条罪状我认了就是了。除此之外，我还是很想她的。"

"学校里每个人都竖起耳朵，关注着你那些下流事呢，"她说，"你怎么把你的政治活动和性事冒险混在一起了？"

我叹了口气。

"我知道是有些人对这事做了一些很贬损的评论，比如哈利……"

"什么？"

"他说，她看起来就像是公共汽车的背面，没有凹凸，他想知道我到底是怎么骑上去的。"

又一次，我感觉我的虚荣心慢慢地占据了上风。

"说这一切有什么意义呢，茱莉亚？"

她没有说话。

"我的意思是，你应该比这更了解我才对。"

她咬紧她的小尖牙，那声音让我心里发怵。我知道现在是时候闭嘴不说话了。我闭上眼睛，看见了我眼睑里面的帘子。但是旁边的声音还是很坚持："你真让我觉得恶心！"

她对着我的左脸颊，边说着话边唾沫横飞。仿佛有一颗小星星下坠到我的胸膛里。当我咳嗽时，不得不吞下大量的痰。

她把椅子挪了挪，这样除了我没有人能看见她在做什么。她的手，那些涂着颜料的爪子，正紧紧地抓着我的私处。当时当刻，我就坚定地说，够了，闹够了。我故意大声说："茱莉亚，把你的手拿开！"这话惊得前面好几个人都回过头来。

我四岁时，曾经睡在墙和父母的床之间一个很狭窄的空间里。一周仿佛有八个晚上，听着他们疯狂地互相撕扯、交织缠绵的声音，这些声音三番五次地钻进我的脑子。接着，父亲一整个星期没有回家，我就和母亲一起睡在他们的床上。接下去一个星期，父亲还是没有回来。一天晚上，我正要入睡，忽然间惊醒，看到一个男人的身影站在窗前，我大声尖叫。但她让我不要出声，并打开了窗户，让那男人进来。他快速地跳上床，压在她身上，而我则很不情愿地挪到冰冷的水泥地上。很快，那张床上就传来一阵阵呻吟与哼哼声，激烈而狂热。连皮特都被这种惊天动地的情形给吵醒了。通常他会像一条吞食了大象的蟒蛇一样睡得很死。他站起身，看了一下眼前这个场面，像一只刚从地狱跑出来的蝙蝠一般猛然向那男人跳过去，可是男人只是反手一挡，就把皮特打得失去知觉。三天之后，父亲回来了。我什么也没说。皮特也忍着什么也没说。而母亲看起来则是一片茫然。

那时镇上有一大群妓女来来往往（内斯达就好比她们的女王）。大多数妓女无法找到隐蔽的地方和她们的客人进行交易。于是她们常常躲进树林。在那之前，乡村的存在总是让我感觉冰冷而无趣；后来我偶然读了华兹华斯的《前奏曲》，那让我对乡村的印象彻底改变。话说回来，我们这群人曾经冒着巨大的危险，尾随着这些妓女和她们的客人进入树林深处。仿佛最重要的事情就是让世界了解这些状况的存在。我的双腿结实，确实跑得挺快，还能跳过或者进入布满荆棘的小路。有一天，我们跟着一个女人回到了镇子上。她没什么特别的。只是看到，她一边迈步走时，一边有精液从她身上流下来，落在石子路上，留下一块块污点。多年之后，我要写一个故事，用她作为罗德西亚的象征。

女孩子们也在学习。每月都会有一个女孩子因为怀孕而被学校开除。其中就有内斯达，她曾经让我感觉非常受挫。她被搞大了肚子，赶出校门，踢出家门和教会，现在却变成了全国最有名的妓女之一了。

老一辈人也在学习。大家仍然相信，假如一个男人不会打老婆，就说明一点儿也不爱她。这些殴打（不完全是来自单方的，我的邻居有时也会被他那以往都服服帖帖的老婆打得鼻青脸肿，不得不去非洲人专属的医院治疗）通常伴随着双方破口大骂、互相叱责道德问题，像是用盐巴和胡椒互相喷洒伤口。这些争吵发展到最后，常常是丈夫在层层叠叠人群的围观之下，就在那最中间，侵犯他的老婆。此时，他还诅咒着所有女人。看上去他仿佛是要永远这么下去——一次又一次，一次又一次，直到身下的她如死去一般。直到最后我好像看见她的一根手指动了一下，我们所有人都很惊叹在经历了这样一场骇人听闻的屈辱之后，她居然还能够活下来。

但是有关如何变得勇敢、刚毅的最佳经验，我们不是从男人身上学来的。男疯子比女疯子多，男乞丐比女乞丐多，男酒鬼比女酒鬼多……他们好像懂得，高高举起的黑人政权将会导致更多人发疯，更多人进入贫民窟，这数量比我们死去的政治烈士可多得多。

但是年轻女性的生活十分艰难。日复一日，年轻黑人女性的生活都遭受着电视网络的轰炸。各种节目里面一面倒地宣称黑人女性非但长相丑陋，而且假如她们没在干这些活，比如去洗衣房取衣服、清扫厕所、擦楼梯，或者是辛苦地做着保姆的苦力，就没人注意到她们的存在。每天，她都被杂志上的信息强迫着去购买欧洲的美容产品，去看建议栏里标着的一条条有趣的信息，如

"理解是世界上最好的事，因此就算他满脸怒容地回到家，你也应该表现得心存欢喜"。哈罗德里唯一一次提到她，是她在1896—1897年间领导了一场反政府运动，数次在维斯马尔请愿后被抓，随后还被执行死刑的人大声嘲笑。

当内斯达（什么样的父亲会给自己的孩子取这样一个名字？）被学校开除时，她对如何在大街上生存一无所知。当她向那个搞大她肚子的已婚男人求助时，却被痛打了一顿。那年她十二岁。夜晚，她在公交车站和火车站的候车室和洗手间里睡觉。我都不知道她是靠什么食物来支撑着活下去的。后来，当我问她有没有想过自杀，她对我大发脾气。

"自杀！"她嘲笑地说，"那是像你一样受过教育的疯子才会做的事。"

她在树林里生下了一个男孩。我后来问她具体位置，她含糊地回答："在河的上游。到处都是血。但当我把孩子洗干净，他看上去就像一块滑滑的石头。"

我想到了自己和菲利普要对这孩子做的事情，因此不想再提有关这孩子的事。

分娩的那种痛苦、流血还有空虚感使她当时当刻就决定要"为了钱做最大的努力"。金钱，她说，就是力量。她说世界上任何与钱无关的东西都没有价值。

我环绕着房间看了一眼，很显然她已经找到了装着金币的罐子，是从彩虹蛇那里偷过来的。

"你知道吗，白种男人对黑种女人总是有些特殊的感觉，"她向我吐露着这个秘密，"而且性事当中，没有什么是我不愿意做的。大多数男人其实甚至不愿意碰我。他们只是喜欢让我做一些事，然后盯着我，看得仿佛眼珠子都要掉下来了。另外，还有和比利的事。"

她皱起眉头，努力地在回忆着那些事。

我的书写本正躺在毛毯上。我很久都没做笔记了。

她继续着她的描述。

"对于高潮，可以说比利无所不知。他只要看一眼我的身体，就会声嘶力竭地爆发一次高潮。像一片被压碎的饼干，他抽泣着，仿佛无法相信自己会这样。他只是全身紧绷，接着像听从上帝低声细语之后，一根干树枝慢慢断裂一般，身体也顿时展开。同时，他会像一个男孩子一样发出愉悦的欢叫。这时，他喜欢听肖斯塔科维奇的交响曲。"

这时，她停顿了一下，看了看手上那些昂贵的戒指。我环视了一下房间。一座大理石维纳斯雕像旁边，放着一台崭新的电视机。一盆苹果——看上去像是用心摆放的装饰——放在一块精美的粉色碎花布上面。我小心翼翼地把我笨重的鞋子藏在精致的厚地毯下面。我面前的墙上挂着一幅书法作品，是用木炭和墨水作的。她注意到我正呆呆地盯着画。

"是比尔画的。"她说。

这简直是给我的心头一棒。

"不是，这应该是——佩蒂特的作品吧。威廉·佩蒂特!"

"这就是比尔画的。"她得意扬扬地说。

在全国范围内，佩蒂特是推崇黑人雕塑的少数白人之一。他已经去世了，安安全全地躺在加拿大。

她弹了弹烟灰，她的指甲看起来既不长，也没有涂过指甲油。她已经变成那种不需要锋利爪子的人了。她说："他有个朋友叫麦克的，是个怪人。但也不算很怪异。你知道吗，做那事时他会口中念念有词，说着关于刚果、茅茅党、阿尔及利亚的一些事，还说起我们的一个不可言说的领袖。"

我盯着她看。

她摇了摇头，掐了烟头，打了个哈欠。

"你还想知道其他人是怎样的吗?"

我点点头。

"下次再问我吧。"她说，向后朝着椅子靠了靠，懒散地交叉着腿坐着。在那一刻，她看起来就像是原来那个让我在小学阶段为之憔悴、为之痛苦的内斯达。那时候，我被她迷得神魂颠倒，直到那倒霉的一天，老师比较了我和她作业里的字迹，她的作业全都是我做的，我还做好了心理准备，将一切都扔进抽水马桶……

我快速地转过身。

慢慢地、悄无声息地转开门把。门打开了。一个旅行者模样的高个子年轻人，背着一个沉重的箱子走了进来。他的样子看上去就同手掌和脚上都钉上了十字架的耶稣一般凄惨。他径直走到我的面前。

"你想要对我妈做什么，你这个黑鬼？你这个该死的、臭气熏天的黑鬼……"

我把手伸进外套，随即拿出一把闪着凶光的欧卡皮刀。内斯达立刻站起身来，张大眼睛瞪着我看。我甚至都没看他一眼。对于怎么用刀，我并不陌生。

"你刚才说什么？"

他舔了舔嘴唇，吞了一口口水，发出的声音仿佛是一条跌跌撞撞游回大海去的飞鱼，四处溅起水花。我感觉他在上下打量我，心里估计着他有多少胜算。我决定把我的鱼拖出水面。他一走进房间，我就认出了他。我抬头盯着他。

他向内斯达侧转过去。

"妈……"

但是她对这整个场面只是耸了耸肩。我慢慢把刀指向他肚子周围。我必须承认当时感觉自己像一个臭名昭著的黑人英雄。

"记得有个叫安妮的女孩儿吗？"我问。

他整个人顿时僵硬了。

内斯达用她那棕色的眼睛冷漠地扫了他一眼。

我说:"她是我最好朋友的妹妹。她现在还待在医院里。我甚至不想知道你究竟为什么那样做。"

内斯达站在我右侧不远处,沉思了一阵。

"发生了什么事?"她问。

"他把她暴打了一顿,又在她失去知觉的情况下强奸了她。"

我知道她会立即站到我这一边,支持我的立场。但很显然,这并非她所愿。

我后退几步,拿起电话,拨出了号码。

我拨号码的手指上还沾着笔的墨水,我就是用这支笔记录下内斯达的故事。

"菲利普?我找到那个混蛋了。现在马上过来,我们一起把这事儿给了断了吧。"

我把地址给了他。又说:"这就意味着我们不再和茉莉亚纠缠不清了,对吧?"

对此,他的回答却是含糊不清。

十分钟后,菲利普冲进了那个房间。他身上没有一块赘肉,他看起来真是非常健壮。仿佛他身体里冒着火,持续不断地使他发疯,使他陷入一种强迫症的状态。

"他?这个小孩?就这个不男不女的?这个……"

我点点头。

菲利普径直走到他面前说:"我想听你自己说。是你干的吗?"

这孩子的眼神移开了，那感觉就像是上帝化为肉身后，再也回不到原来《圣经》里描绘的样子一般。

最后那孩子说："是我。我是……"

这时菲利普已经转向了内斯达。

"你是谁?"

内斯达颤抖着双手，从她金色的小包里掏出一根香烟，笑着说："我是他妈妈。"

菲利普靠过去，帮她点起烟。

"怎么会呢，"他问，"你怎么会把孩子教成这样?"

她开始大笑起来，笑声仿佛要淹没整个房间。

"这不关你的事，不是吗?"她说。

他非常轻易就把这男孩拉过来，导致他转了一圈，跪着伏在地上。

这孩子弯着身体，嘴裂得像鱼一样大。因为疼痛，他双手合拢着。正对着下颚的一记猛击把这孩子抛到了房间的对面，他掉下来，狠狠地砸在维纳斯雕像上。雕像碎了一地。

内斯达把这一地的杂乱扫到自己的脚边。

"不要在这儿打，拜托你们。地下室是最佳地点。"她说。

于是我们任由她自己在那里收拾维纳斯的残骸。

在地下室里，菲利普说："把那刀拿开。这不是黑帮小说。这是……"

接着就对着这孩子又是一顿凶猛的殴打，就像是一把扎进婚礼蛋糕的十字镐。

我把刀放回外套，走上楼，留下菲利普把那孩子打成了一团污渍。污渍！爱恨就像无数的污渍，它们布满了床单，沾满了空墙，甚至写满了纸页。就是这一页。成长就需要经历这些。这时菲利普正把他压得嘎吱作响。

内斯达还在收拾她女神的碎片。她抬起头看着我。

"我能杀了你。"她一边说，一边又笑着。

她把雕像的胯部递给我。

"你不是一直都想要这个吗？"她说，"喏，就在这儿。"

我盯着看了好一会儿。那么，这就是全部了？

她的说笑声把我的思绪拉回了房间。

"是，是你该学习的时候了。不是吗？"她说。

"上帝帮助我们大家。"我喃喃自语。

菲利普走了进来。他的双手看起来就像是《麦克白》中邓肯被谋杀之后的手。但是当他走近一些，我看见其实他的双手很干净，没有污渍。他向内斯达伸出手："很高兴见到你……"菲利普正要开始说话。

一记刺痛的耳刮子使他停了下来，他甚至流出了眼泪。她在奶白色的睡袍上摩擦着麻木的手掌，似乎是觉得手掌被他的脸弄脏了一般。她转向我，伸出手做了一个告别的动作。我正想拉住她的手，却在空中一个趔趄，重重地摔在她的脚下。这么出其不意，我完全哑口无言。

"嘿!"菲利普叫道。

一记上勾拳又狠狠地把他甩到墙上。撞击如此剧烈，以至于镶着厚框的佩蒂特都掉了下来，砸在菲利普头上。

"现在，你们俩给我滚，"她边说边帮他站起来，"滚出去。"

我们再也不能跑得更快了。啊，英雄，黑人英雄……

阳光照耀在一间肮脏的电话亭上，又悄无声息地分成一缕一缕，投射在一间死气沉沉的咖啡馆玻璃门上。我拿起一个硬币，轻敲着吧台——就像哈利那样。一个上了年纪的白老头渐渐进入视线。那犀利的眼神，直盯着我们，仿佛我们是某些来路不明的外国硬币，是眼中看到的耻辱。由于喝多了，他骨瘦如柴的脸上，那张发红的嘴巴抽搐着，挂着的唾液就像溶洞里的钟乳石一般。

那嘴巴在说："后面有卡菲尔人。卡菲尔人……"

一滴唾液从老头嘴边渐渐渗出，滴在卡其色的猎装夹克上，又裂开成许多发亮的小水珠，而后弯曲着流下，一直流到了他的大肚子上面。他那双红眼睛这时看上去似乎已对我们毫无兴趣，整个人百无聊赖。他看起来就像一只被吐在奶油面包上的肥大的黑苍蝇，这只苍蝇在唾沫里洗了洗手，又慢吞吞、摇摇晃晃地飞向一条通红的眉毛上。

菲利普倚靠着吧台，朝着那张赤红色的老脸吐了一口口水。

但那只肥大的黑苍蝇一边流着咸咸的汗水，一边还在继续说着他关心的事情——他自己的事情。接着，那双红色的眼睛慢慢闭上了。那嘴里牙齿已掉得精光，旁边还留着一个丑陋的刮刀伤口，他嘴里唾沫横飞，叽里咕噜地说："卡菲尔人……"

炙热发白的阳光似乎能将沥青都融化，一束束如刀片般锋利的光线射入窗户。路上的一只巨型斗牛犬，它长长的舌头向下挂着，都快碰到树荫遮蔽的人行道，它正用一种懒洋洋却又充满警觉的眼睛看着我们。天空中，一个青灰色的光晕似乎围绕在太阳周围。这使我想起了和平鸽胸脯上的那种白颜色，或者说是像白天鹅一般的颜色。我还想起了丽达，当时宙斯变成天鹅在半空之中把她迷住。这还使我想起哈利的白色橡皮蛇。一只爬行动物的白色肚皮。这种白色发出的恶臭，使得太阳都沾上了令人作呕的颜色。而且它四处蔓延、无处不达。它把我狠狠推进房间，这时我的牙齿疼得剧烈，那感觉仿佛是一架打字机的按键，噼里啪啦狠狠地敲在键盘上。我的手铐太紧了。

"中士，另外一个人什么情况？"

"共产党。"

有几滴血沿着我的手腕流下来。

"是恐怖分子啊？"

"说是某个大学的学生。"

"啊！"

然后沿着走廊进进出出，后来，我不知道是往里还是往上走进了一个小房间。里面只有一张长椅。接着，他们就对我进行了无穷无尽的审问和严刑拷打。好像那张椅子随着我的生命、我的瘀青、我的呼吸，以及我的血的污迹一起，变得越来越长。这时仿佛有东西从我身体里跳出来，钻进了那张长椅，然后它活了过来。有人说："让我跟这该死的货待上五分钟，他就会全盘交代了。"我的脑中突然迸发了一个想法。

当我醒过来时，他们正低头看着我。一个身穿全黑衣服的警察嘴里说着什么，还用手指指着我。他的手指甲上有个小裂缝。

"……只要五分钟。"他还在说着。

他们留下我们两个，走开了。

"我才懒得向你发问呢，"他说，"我们想要什么，你清楚得很。所以，快报上名字来，一个接一个。现在就开始。"

这把椅子从我后脑勺砸过来，我感到剧烈的疼痛。

他慢慢地脱下外套，解开衬衫袖口，又把它们往上一直卷到手臂上段。我看着他走向我，就在他拳头将要晃动的那一刹那，我的脑中闪现茉莉亚的脸庞，她的脸被一束让人头晕目眩的强光一穿而过。在这椅子里面，在这房间里面，这画面麻醉了我的灵魂。

过了很久很久，他已经不知道往我身上哪一处下手了，而我依然意识清醒，只是对他任何形式的攻击都已经毫无反应了。这时，门开了，白人军官们走了进来。他们看了我一眼，然后把他拉开了。他们把我拖向走廊，我只觉得石头台阶一步一步，仿佛一直割开我的肉，割进我的腿里面，重重地刮着我的关节和膝盖。有人不断地用脚踢着我，那种彻心彻骨的痛正穿过我仅存的一丝意识。他们每人抓住我的一只手，拖着我走向那仿佛永无尽头的石头台阶，直到我又看见那一团团污渍。那些污渍正是我曾经最义愤填膺的原因。

不知不觉中，阳光变得微弱了——空中发出刺鼻的气味。服务员和菲利普打了个招呼。在电梯里，我看了看自己的脸，再次盯着自己头上早生的那些白发，心里还是感到同样的恐惧。菲利普的办公室还是如往常一样，堆满了报纸和杂志。他迅速地坐到书桌后面的皮椅上。我就坐在那张软软的客椅上，向后靠着。他拿起电话，告诉前台他已经到了。我细细地看着他桌子上的那些书，有艾梅·沙塞尔、勒罗伊·琼斯、詹姆斯·鲍德温、桑戈尔的书，以及一本被翻得很旧的克里斯托弗·奥基博的诗集。他拿出一个浅蓝色的文件夹给我看。我开始慢慢翻阅。

里面一共收有十五首诗，都是他自己创作的。诗作里表达的是不同形式的不满、幻想及愤怒的感觉。似乎作者创作时的强烈情绪已经影响了其表达语义的准确度和清晰度，甚至在对"黑色"的赞扬之中，都夹杂着一丝酸涩的味道。人们会觉得这些诗句像燃烧的煤炭在一片妄想症的海洋里嘶嘶作响；对阴沉夜晚的描写掺杂着不必要的存在主义描写；一个个自杀景象的描绘呈现出黑人的绝望；错误的黎明、木炭一般的黑、在激情过后的相互回应中颤抖；歌颂黄金时代黑人英雄的赞美曲，有关那些神话、传奇、妖精的故事，以及东方神话中的食尸鬼。这些就是渗透在这些诗作之中最清晰可见的内容与风格。其中《腐烂的东西》是关于茱莉亚和我的。这促使我回忆起以往的时光。当时，我在写一篇有关贫民窟的文章，正当我在调查那里公共厕所的情况时，一不小心掉进了那个恶臭熏天、脏污不堪的粪坑。到现在为止，我都没能完全从那次经历当中恢复过来。从某种程度上说，这对我是一次必要的洗礼。

"'洗礼'就是这些诗总称的题目吧。"菲利普说。

"是某种类似E.R.布雷斯韦特风格的篇章？"

"嗯嗯。"

他看着我的样子，就像是我说出了什么大不敬的言语。他说："就算你是一个人，而不是一匹马，或者是一只狮子，一条豺狗，这也没什么特别值得高兴的。或者让我们来想一想是蛇的话会怎样。对啊，蛇。世界上有的只是肮脏、臭屎、臭尿、鲜血和被揍扁的脑袋；有的只是灰尘、跳蚤、该死的白人、蟑螂，以及被训练起来专咬黑人屁股的狗；有的只是互相传染的性病、啤酒、精神失常，以及所谓正义事业；有的只是在你停下撒泡尿时，就会拍进画面的技术；有的只是我们当权者口中的白色狗屎言论，我们睡梦中的白色狗屎，我们历史中的白色狗屎，我们努力建造和虔心祈祷一切，手中剩下的却只是那些白色狗屎。即便可能那些都无伤大雅，伙计，可学校里还是有那么多互相背叛、互相告密而且趾高气扬的学生，有一夜暴富的混蛋，还有那些同样令人生厌的目光短浅的废物。他们就和那些白色狗屎一样讨厌。有很多这样的人渣在伦敦周围游荡，等待着再一次回归，成为内阁大臣的一员。可他们唯一能进去的地方，就是他们的棺材。别误会我。我承认我是一个悲观的人，但我还是会依照现状，笑着做出一个相对积极的判断。你会发现，从你朋友的眼睛里，你能看见发生在他们身上的事情，还能感觉到他们脑袋之中那种狂风暴雨般的经历。每天，你都以为只是在做着自己的事，却不料一段时间后，同样的那些事会让你瞠目结舌。你把自己的头往墙上撞，这面墙倒下了，却又有另一面墙出现，你醒来之后，感觉到你的脑袋正在经受世界上最剧烈的疼痛。你努力想要穿过心里那一片恐惧的草原，把尾巴夹在双腿之间，可一些激进的好事之徒却放火烧掉你的皮毛。当你在那面墙跟前停下，正试图思考下一首诗该写什么时，某个混蛋会拿起一把装满尿的便壶，直接朝你头上一泻而下。你总是被一些莫可名状的愤怒牵着鼻子走，却不知走向何方。你常常苦思冥想，却还是不知何去何从。仿佛发生的每件事都像一张去往未知目的地的车票。现在，这儿有很多伟大的人。世界上总是存在这些伟大的人，他们为你和你的孩子们挖开一些粪坑，让你们掉进去。我并不好色，并不纵欲。我只是在一个安静的、充满绿色的地方做好自己的事，然后重新装好我的子弹，为那场地狱之行做好准备。饥饿之人无处不在。无家可归之人也遍地都是。他们破烂不堪的生日礼服背后，隐藏着许多故事。而且，他们全是疯子。他们都是设计师。你会创作，我也会创作。可我们所有人都是在一个是非颠倒、癫狂无理的世界里进行创作的。人们所到之处，总有一群群的苍蝇尾随着，不停地啃着我们死去的身体。我们的历史之中，有不计其数的蛆虫在不断蠕动。另外还有成群结队的蚊子黑压压地向着我们未来仅存的一点希望飞过去。我们该怎么办？互相拽着淹没彼此，是这样吗？要是我们自己不知道该如何开始，还有那些传教士的聚会或者心理医生可以提供帮助，在他们身边，还有来自澳大利亚、新西兰、英国、中国、美国及法国的人，还有该死的德国人，他们也能帮忙。穷人并不是唯一懂得创作的人！"

他深吸了一口气，重新坐回椅子上，跷起一只脚架在另一条腿的膝盖上，然后点了一根廉价雪茄。我很想问他卷烟放在哪里。我甚至笑不出来，因为天气太冷了。

"世界上没什么事物能够经久不衰，意义永恒。"我说。

我说这话时，心里并不确定。

我接着说："世界已经被分割成很多碎片，一块一块的碎片。看着世界，就像弹奏吉他时，手指瞬间触碰琴弦的感觉。然而这些事——又并非真正华莱士·史蒂文斯笔下描述的那种感觉。"事情好像一直都是这样的。就如报纸上撕下的一角,虽然上面印着文字,但我们既看不到故事的开端,也看不到它的结尾。这时,仿佛有一个尖锐的声音,一首断断续续的曲子传入我的耳中。世界上没什么事物能够经久不衰。每一样事物的片段忽然间杂乱无章地降临到我们身上,使我们几乎看不到整个局面的紧迫。而这,就是艺术的开始。

他一直都憋着气,接着呼了一口,身体微微缩着,靠在他的皮椅上。他看着我的眼神就像一只漂浮在鲜汤之上的苍蝇,抬着头直盯着用餐者的灵魂。最后,他把一张报纸甩到我的大腿上。他用红笔标出一篇文章,这是对史密斯安全护卫队和游击队员之间一场战役的描写,旁边还配有两张大尺寸的照片。在这些照片上,二十一具游击队员的尸体躺在那儿,中间站着那个"囚犯",一个面无表情的年轻人,极不情愿地看着相机镜头。据说,拍到他的照片时,双方正在进行剧烈的冲突。我觉得在他身上有些特别之处,应该——

"记得他吗?"菲利普轻声地问。

这迅速地勾起了我的回忆。我记得那张残暴的、伤痕累累的脸庞。被逮捕的游击队员叫艾德蒙德。在学校的时候,他是一个身材矮小、营养不良、一贫如洗的学生。因为他拒绝参与我们的学生政治运动,每个人,包括我在内,都和他势不两立。他就这样彻头彻尾地被我们孤立了；每个人对他都粗鲁无礼。于是，每个星期他会都把自己锁在储藏室内，彻夜学习。上课期间，他常常坐在教室后面，记下大量的笔记，而事实上，他只不过是抄写了图书馆里几乎所有的书。就算这样，他每个学期的成绩还是全班倒数。他从不参与任何活动。他的父亲，一个小学老师，和我父亲一起在镇上度过了一个美妙的夜晚，但之后就由于酒精中毒去世了。他的母亲是个护士，无法面对这样的变故，突然一病不起，可她对身边任何想安慰和劝导她的人都断然拒绝。之后，贫穷的日子降临了，这样的生活使她感到非常恐惧。于是，一天早晨，她穿上了自己最好的衣服，拉直了头发，化好妆，踩着模特步走进了最近的一间酒吧。在那里，她吸引了众多目光。她，就是培养内斯达的那个女人。

我紧紧盯着这些照片看了一会儿，从这些尸体看起来，拍照时那些人已经死了一段时间了。有一具尸体的脸上除了一大团苍蝇，什么也看不见。艾德蒙德被逼着直直地站在他们中间。他是唯一的幸存者。在学校时，他在我们当中也是这么格格不入。面对那些羞辱，他备受折磨，却还是顽强地活了下来。我不明白他为什么喜欢我，但他确实对我不错。对于果戈理的作品他百读不厌，为了能够读原版作品，他甚至尝试自学俄语。他是班里唯一一个知道叶夫图申科真实存在的人。陀思妥耶夫斯基、契诃夫、屠格涅夫、普希金、高尔基……这些作家的作品他都曾读过，但他认为果戈理是最优秀的。当读到《钦差大臣》时，他会不自觉地发出爆竹般的清脆笑声。他把肖斯塔科维奇当成世界上最好的作曲家，而觉得穆索尔斯基的作品仅仅是"还可以"。对于画家，艾德蒙德在很早之前就已经认定耶罗尼米斯是他的偶像。我问他，上完中学和大学之后，他有什么计划。他说他想从事写作。事实上，他已经创作了好几部小说（都没完成）和短篇故事（也没完成）。这些作品的情节变化多样，有的描述对贫穷后果的痛苦的探索，有的表现灵魂贫瘠的悲惨状况，有的反映的是伟大戏剧的重要主题，还有的展现的是英雄史诗，这与果戈理创造的俄国精神息息相关。我们上大一时，他和我都住在第四宿舍，他的床挨着我的床。他的储物柜上，贴着好几张以死神为主题的画作，还用放大的字体写着从弥尔顿的《失落的天堂》里摘录的撒旦的话语。

在宿舍的第一个晚上，艾德蒙德放了个特响的臭屁，逗乐了大家。虽然已是半夜时分，夜晚也非常寒冷，我们还是不得不打开所有的窗户，给房间通风。房间里嘈杂的声音吵到了杰特，他是宿舍管理助理。我们都知道他和厨师的老婆在我们宿舍旁边的公寓里干着那事。

就在我们班长要对艾德蒙德进行一番教育，教他怎么正确实施放屁的行为时，杰特大摇大摆地走进我们的宿舍。他拿手电筒对着我的近视眼照射，随后又转过去，照着艾德蒙德的脸。

"又是你！"杰特责怪道。

那一天，因为艾德蒙德在餐厅里面随地吐痰，已经被杰特抓到过一次。

"你是从哪里来的?"

杰特的声音特意怪里怪气的，和蠢蛋讲话他才故意用这种口气。

艾德蒙德回答了他。

"是他们告诉你，怎么对着人放臭屁的吗?"

"不是。"

"你的图腾是什么?"

"是猪。"

"最适合不过了。"杰特讽刺地表示赞同。

杰特身材中等，体格强壮，皮肤像木炭一样黑。他最喜欢的一个动作就是以最引人注目的方式把手指关节压得咯吱响，尤其是在他身边有女孩子出现的时候。他的服饰一成不变，每天都穿着印花衬衫，脖子上整齐地围着一块手帕，下身穿着紫色长裤。紫色是他的专属色——别人都不能穿。所有新来的学生很快就了解到这一点，于是他们把自己所有紫色的衣物，特别是内裤，统统都扔掉了。

这时，他一边慢慢地来回跳舞，一边心不在焉地把指关节压得咯吱咯吱响。

"确实最适合不过了。"他重复说道。

后来，他被解雇了。原因是他与其中一个在教会里工作的黑人修女调情。

"明天早上九点之前，你来见我。"他说。

他故意说得言简意赅，就像园丁在为篱笆内的生命进行最后的修剪。

最终，班长开口调解了："先生，再给这孩子一个机会吧。毕竟，第一天总是有些……"

这一句话他最终没能说完。因为那时艾德蒙德已经再也无法忍受肚子里面肠子的左右搅动，直对着我的脸，就把一个惊天动地的臭屁给放了出来。我现在算是神清气爽了。

"谁想到艾德蒙德会这样呢？"菲利普一边咳嗽，一边把痰咽进了喉咙。

"我想得到。难道你不记得他和史蒂芬打架的事了吗？"

菲利普点了点头，心里似乎还是不太清楚。

电话突然间发出刺耳的铃声。就在他对着那个长长的黑东西说话时，我又看了一眼这间办公室。这就是母亲一直以来想让我进来的地方。看到《热点》时，我眼睛仿佛亮了。这是本愚蠢的布尔族杂志，上面说的是关于非洲的一些现状与新闻。

那一年，艾德蒙德与史蒂芬之间的斗争是大家谈论最多的话题，热度甚至远胜于史密斯单方面宣布独立的新闻。事情是这样的。史蒂芬是一年级里面年龄最大、身材最高大的学生。他是个卑鄙的人，经常欺负同学。他是普通非洲学校中一个典型的黑人霸王。他还经常为自己的行为找出冠冕堂皇的理由，列举这些知名的人物，比如恩克鲁玛、卡翁达、赤恩、卡斯特罗、斯大林、毛泽东、肯尼迪和尼雷尔的经历，以及任何与此话题相关的事物，用作在宿舍卧谈时为自己辩护的理由。史蒂芬真的是从骨子里恨透了艾德蒙德，他们之间就像是老鼠和猫、猫和狗、狗和鳄鱼或者鳄鱼和塔兰的关系。一个学期里有两次，我们看到他们在大厅里起了冲突。史蒂芬"痛恨"古典音乐。出于某种原因，史蒂芬觉得果戈理是非洲最大的一个敌人，应该不计一切代价把他的作品消灭干净。史蒂芬是海尼曼公司非洲作家系列作品的热心读者。他坚信，非洲人所写的任何作品都具有独特的非洲意义。他说，来自欧洲的那些文学批判方法并不适用于非洲文学。同时，他还从E.穆法莱尔的《非洲形象》一书中收集了一些证据。他的生活方式也与此相关：由于拒绝参加弥撒和祷告会，他差点被赶出学校——他说"基督教除了是个谎言，什么都不是；只要找到了政治权利，其他一切自然会尾随而来"；他经常拉着地理老师，充满讽刺地评论非洲道路的落后状况；他常常向学校请愿，让老师们教授非洲历史——当时，我们唯一学习的历史知识是关于英国等欧洲地区的，偶尔也会涉及一些美国的内容。他还说，人的身体里有一部分是永不衰老的，而这一部分构成并不会随着事物的变化而改变，而是会影响事物的改变，超越它们。当事物的改变发生在一片"静止"的边缘，那一切更是不言自明。史蒂芬也曾经做过噩梦，给他带来深刻的痛苦。一提到"软弱"这个词，他就感到非常羞愧。几乎每天晚上，都能听见他充满恐惧的尖叫。因此，为了避免入睡，他会挑起无穷无尽的讨论，谈古论今，话题不计其数。有一天，他告诉大家，艾德蒙德的母亲就是个"低贱的醉酒妓女"，他，史蒂芬，还与她发生了关系，之后她还用了一部分嫖资给艾德蒙德交了学费。我明白，史蒂芬这出其不意的消息在某种程度上还是可信的。整个宿舍的人都惊呆了，倒不是因为这消息本身，而是背后那种敌对的、仇恨的情绪。即便史蒂芬自己都清楚，他已经无可挽回地破坏了一些本不该被破坏的事，即使花了巨大的代价。

艾德蒙德用一种平静得出奇的声音，打破了沉默。

他对史蒂芬发起挑战，要和他单独打架。

整个宿舍的人都大笑起来。我也不例外。

史蒂芬笑得更响。

我拽了拽艾德蒙德的睡衣袖子，想给他一个警告。

但他把我推到一边，大声地说："等下你必须收回你所说的每一句话，还要在整个宿舍的人面前向我道歉。"

大家都在一旁窃笑，心中都捏着一把汗。

史蒂芬意识到自己的计划马上就要实现，于是说："你们都听见那只猪的话了。他又当着你们的面，放了个臭屁。我从来都没有拒绝过任何挑战。就如恩克鲁玛所说，对于任何一个新的挑战，我们非洲人总是能奋起应对，即使是向这种下贱的流氓混蛋所发起的、伤风败俗的挑战。"

他平静地走向艾德蒙德，开始打他，并用手背发起攻击以示侮辱。艾德蒙德的头顿时向后扭过去，撞到了储物柜上。

我抓住了艾德蒙德的手臂。

"看在上帝的分上，这不是一个发生在彼得堡的故事。他可是活生生的，一个畜生，他一定会把你揍扁的。"

但是，艾德蒙德已经把脸转过来，对着"耶路撒冷"，他双眼发红，因为史蒂芬的攻击而剧烈疼痛。这种奇怪的相信命运的态度，在这一刻仿佛突然让他变得成熟了。

"还有什么招数吗？"他轻轻地问我。

甚至班长都试图来调解——我想，班长对艾德蒙德的喜爱，就像村里人羡慕当地一些与众不同之人一样。

但艾德蒙德只是说："还有什么招数？"

第二天是个周六，二人的战斗在那块男女童子军平时列队训练的场地上开始了。

我没有去观战。

好像过了很久很久，大家才回来，但是没有看见艾德蒙德往回走。他们的沉默让我心里顿时咯噔一下。这时，一个身材矮小、头发很长的小男孩（后来我知道了他叫作菲利普）朝我气冲冲地跑过来，嘶哑着声音说："别人说的话，他一句都不听，但我知道他会听你的话。你们是朋友，不是吗？他就这么躺在自己的鲜血当中。他被打得只剩下那么点了。他的眼睛发了疯似的盯着看。不，不，他并没有神志不清，他只是在他自己流的血里面打着滚……"

史蒂芬从浴室里走出来，擦干双手，心疼地看着自己满是瘀青的指关节。他的衬衫上沾着鲜血，有一块很大的血迹，形状看上去有些像罗德西亚的地图。艾德蒙德在哪里？菲利普也看见了他，于是停止了讲话。我不假思索地跑到那个场地上，去看看他们把他丢在了什么地方。

他躺在血泊之中。他的脸已经变形，几乎都认不出来了。他痛得直叫，像一只野兽一样发狂地发出呜呜的吼叫。当我最终明白他在说些什么时，我几乎哭了出来。他一遍又一遍地说："我是只猴子，我是只狒狒，我是只猴子，我是只狒狒。"他的门牙几乎被打得掉个精光，下颚看上去像是用线拉着才能挂在嘴下。大片大片的血痂布满他的眼睛、鼻子、嘴巴和脸颊。我用手臂把他扶起来，直接把他背进了诊所。感觉他挺轻的。一路上，他还在反反复复低声地说着"我是只猴子，我是只狒狒"，这听起来也不沉重。对这，我太了解了。

凯瑟琳修女看了他一眼，说："他必须得去医院。"然后，她给校长办公室打了一个电话。

学校的卡车带着艾德蒙德向尤塔利医院开去之后，校长问我是谁把他打成这样的。

我摇了摇头，说不知道。

"等他好起来，他自己会告诉你的。"我说。"假如他想的话。"我又补充了一句。

我感觉筋疲力尽。我的头脑似乎已经失去知觉。我开始翘起嘴唇。

他们用线把他的下颚缝了回去。为了拯救那张已经四分五裂的脸，他们缝了很多针，无数针。当他再次回到学校，几乎整个学期都已经过去了。他什么也没说，完全没有提起史蒂芬。他那布满刀疤的脸，看起来非常让人同情。仿佛命中注定他会陷入这种自我厌恶，然后这些感觉被缝合在一起，造就了他这张独一无二的脸。就在这时，史密斯单方面宣布了独立。基于这场斗争，我写了一个短小的故事；但是当我看到艾德蒙德那如疣猪一般，布满伤口的脸，我顿时觉得恶心，立即将这故事撕成了碎片。这一幕，就被照相机给拍下来了。

我把报纸还给了菲利普。

他点燃了一根烟。

"如果你想，你可以把照片剪下来。"他说。

为什么不呢，我想。

我拿起一把小剪刀。

这时，西泰和道格走了进来。他们穿着褪了色的牛仔裤和牛仔衣。西泰之前在德班学习英国文学，不过他现在很担心会被拖着去参军。道格在伦敦上了艺术学校之后，尝试着拍摄电影，但最后从事了广告行业。道格穿着一件防风夹克，他脸庞瘦削，肩膀微微下垂却宽阔，看上去有一种未经世事的年轻人特有的坚定。道格待人热诚。西泰的个子高一些，精干一些，看起来像是一头试图用它的四肢和脖子来蹒跚学步的长颈鹿，走起来左摇右摆。他的眼神充满着疑问，说话总是很腼腆——总的来说，他是个笨手笨脚却令人喜欢的年轻人。

道格让我们所有人都走进西泰的房子。西泰则像往常一样，结结巴巴地说着一些有关政治的事，这让我和菲利普都感到很自在。

"政治就是狗屎。"道格若有所思地说。

我表示赞同。

"白人就是狗屎。"道格闭上眼睛，补充道。

我也表示赞同。

"黑人也是狗屎。"道格吹了吹掉在他衬衫上的烟灰。

我正要表示同意，菲利普插话说："世界上每个人都是狗屎，这就是麻烦所在。"

我点点头，欣慰地感觉到我的大脑此刻正思如泉涌。

这儿仿佛有一面镜子，而我正以慢动作在慢慢点头。似乎我只能这样，不停地点头，不停地表示赞同，直到永远。这种感觉真的太甜了，甜得我简直无法忍受。

"你喜欢音乐吗?"西泰问。

听到他这么清晰的问话，我不得不努力避免自己出糗。

"什么音乐?"我问。

我就像一只大鸟，高高地停留在上帝的家里，在那里，音乐是如此安静，以至于人类所有平凡的快乐好像都变得微不足道。我就像一只孤独的雄鹰，在醉人落日的金色水平线上紧张地徘徊与盘旋，就像所罗门的摄影作品所刻画的那样。基督!

"你正随着音乐在点头呢。"西泰提高声音，说了一句。

我说:"哦!"

接着，道格关了灯，开启了一个电影放映机，把它对着从远处墙上挂下来的白色帆布。第一部片子是关于一个老黑人的，他身上裹着破布，骑着自行车往镇子的方向前行。两只青筋暴出的手紧紧地抓着冰冷的自行车把手，光着的两只脚机械地踩着踏板，一圈一圈，仿佛永无尽头。他猫头鹰一般疲惫的双眼，直直地盯着旁边观察他的那个镜头。第二部片子是一场细节的近景拍摄——长度只有五分钟——演的是一个黑人女性正在低声地安抚一个白人婴儿睡觉。那婴儿的脸蛋圆圆的，小嘴一张一合，看上去心满意足，他那疲倦的蓝色小眼睛注视着黑人脸颊上的一根长头发。第三部片子里面有五个人物，三男两女。他们正站在一台不断上升的电梯里——是不是电梯停下了，又或者它并不是在上升，而是在下降？——所有人都自觉地看着按钮上那些随意闪烁的数字亮起又熄灭。第四部片子里看到的是一些报纸上剪下来的故事。一开始，镜头就正对着那些读起来得花上十分钟的出生和结婚信息栏，上下扫动，接着又突然转过去，把焦点放在那些黑白照片上。那些照片画面里，不少是交通堵塞和可怕交通事故的场景（其中一个受害者就是第一部片子里骑着自行车的那个老人）。有一张是对暴力的足球比赛的近距离刻画。还有一张拍的是一列小分队，正在朝一个女人开枪。那个女人就是领导1896—1897年起义的领袖——她看起来就像第二部片子里那个女保姆。片子里面还有一些关于工业事故的片段，以及一个足足十五分钟长、对分类广告栏中仿佛永无止境的死亡和葬礼信息的拍摄。道格还拍到一些赤裸着身体，在进行个人演说的公共人物。在影片的最后，我们看到一个婴儿艰难地用他的积木拼出"剧终"两个字。第五部片子就是我一直都在等待的那部。道格拍的是帕特丽夏和我在一次疯狂、暴力的性爱过程之中，苦苦扭动和挣扎的场景。因为和警察起了些冲突，后来我没能亲眼看见这部电影。第六部里描绘的，是茱莉亚和西泰的场景。这一部我之前就已经看过了，但是对其中一些露骨的画面，我并不看好。道格特意在上面加上了一张伊恩·史密斯的照片，他赤身裸体，正在发表单方面独立声明。最后一部电影里看到的是一支圆珠笔，不断在画着一个个问号。

"这些，先生们，就是我的小说。"道格一边说一边开起了灯。我四处看了看那些在电影放映过程中走进来的人。他们懒洋洋地分散着坐在房间四周，地上有好几个血红色看起来很花哨的坐垫和靠垫。远处的角落里，帕特丽夏正眯着近视眼，凝视着维瓦尔第的《四季》协奏曲的文件套。约翰，前天那个把破旧打字机借给我的数学家，正在就杰出政府的话题发表他的观点，不过他的论断欠缺说服力。他唯一的观众，是一个脸上长满青春痘、在一个当地爵士乐团打鼓的男孩子。除此之外，还有三个女孩正无精打采地靠在酒红色的床上。她们是三胞胎，长得很像，正小口地喝着芳香雪梨酒。她们都是学人类学的，但是在了解了马林诺夫斯基、拉德克利夫-布朗及伊凡-普理查之后就似乎失去了兴趣。她们脸上那些粉红的小嘴似乎是"在寻找一种内心永恒的乐趣"。

像一尊佛像一般坐在房间正中的是里彻，他是个有点神秘却并不起眼的学生。他使用的绘图方式当时刚刚成为一种流行趋势。我是偶然认识他的。和我一样，他也喜欢独自饮酒。在学生会里，他总是一个人远远地坐在走廊尽头，喝着浓烈而又混杂的杯中之物。后来，军队抓住了他。漫长的审讯结束之后，他仿佛什么也记不起了，只是感到如蚱蜢拍打翅膀一般的嗡嗡声在脑中回荡。他变成了这样一个人。在他看来，相较智慧而言，沉默更能赋予自己一种非凡的自尊。不过，有时他很仔细地给我们讲解这种沉默，从内部的每一个细节开始挖掘、分析，不厌其烦地指出我们能感兴趣的部分。这些，无一例外，都是他对在战争后方目睹过或者经历过的残酷暴行的描述。

里彻最近过世了。一天清晨，由于酗酒，他整个人昏昏沉沉的，跟跄着穿过镇子，结果被火车碾成了一堆污渍。但是我现在看见了他。全身冰冷，惨白，仿佛已经死去，被触手即破的死寂包围着，好似正在观察那个必定会掉进去的万丈深渊。

我看着他，心想，假如没有那些貌似洗礼的伤疤在心里留下的污渍，里彻也就不会成为现在这个模样了。

这时，雅典娜静悄悄地、随意地走了进来，她的形象看起来好像是内斯达的女儿艾达。和内斯达一样，她身上也有那种乐观和钻石般棱角分明的性格。她身上除了棕色和巧克力色薄薄的一层皮肤，什么也没穿。一条精致的玛瑙项链垂挂在她高耸的双乳前。她在菲利普旁边的一个垫子上坐了下去。

讨好地笑了笑。

"我听说你和我哥哥过不去啊。"她说着，露出了一颗金牙。

菲利普露出关切的眼神，但他看上去又有些痛苦。

"他怎么样了？"他问。

但她还是继续在屋里笑着问："你妹妹怎么样了？"

"恢复得还不错。"

"他也一样。"她说着，整个人都绷紧了。

　　她戴着一副巨大的银质耳环，耳环跳动闪烁，仿佛一颗遥远的星星正向地球上的最后一个人发出信号。我顿时感觉彼此之间相隔万里，这让我惶惶不安。但是我们之间还能联系，这给了我希望——尽管这不容易。以后还有机会这样相聚，一起回忆，一起缅怀已经死去但从未离开的那些人，还有那些一直都在我们身边的人。但现实让我感觉到这是上帝的伤口，而我们就是在上面蜿蜒爬行的虫子。世界上的一切感觉都毫无意义，这让我们厌倦，我们打着嗝，慢慢地把希望寄托在下一代身上。艾达就是那种敢于冒险的人，对于措手不及而且事与愿违的结果还能嗤之以鼻，从不逃避，正视一切——平静地走向那些鳄鱼的血盆大口。里彻把烟斗递给了她。这嘀嘀咕咕说着话的三个人，一边还听着罗伯特断断续续地说着他在南非的乐队之旅，却并不以为意。帕特丽夏拿起银笛吹奏了一首甜美的曲子，只是有些听不清楚。之后，她皱着眉头，往吹口仔细看了一会儿，摇了摇，然后又为自己吹奏了一曲。我在一个垫子上坐下，面对面地看着她。

　　之前，她离开了大学，一声不吭地消失在人们的视线里。这是在她和我被一些右翼示威者暴打了一次后发生的事。后来，她的父母雇了个私家侦探到处找她。六个月之后，在好望角之外的一个贫民屋里找到了她。她为自己的油画和蜡染举办展览会，还得到了好评。但展览会之后，她再次消失。他们在华人区的一个地方找到了她。当时她大吵大闹，引起围观，这事弄得人尽皆知。

但事情很快就过去了，大家也任她自行其是。她狂热地绘画，后来又举办了一个画展，但是警察没收了其中几幅作品，还指控她违背道德守则。她无法忍受这样的指控，把剩下的画一张张扯下来，撕得粉碎，还在一地碎片中跳起舞来，这感觉就像是一个人在爱人的坟前跳舞那般揪心。现在要在南非任何一个地方躲起来都不是件容易的事，也许可以去马拉维。有个不明身份的好心人给了她一笔钱，艾达还给她起了个希腊名字。接着，她又消失了，这是第三次。那些知情的人说她带着一台廉价相机、几支铅笔和几本画本，徒步穿越了整个非洲。我非常担心，而哈利却幸灾乐祸，还变得更加尖酸刻薄。

她回来的时候，一只眼睛已经看不见，发着高烧，还失去了声音。连续好几个星期，她躺在医院里，可是医生不允许我去探望，因为这是一家白人医院，只允许白人进出。他们后来治好了她的眼睛，但她永远也说不出话来了。

她把那支烟斗递给我，接着在她的帆布袋里快速翻着，拿出了一本书放到我手上。我看到她眼中微微一闪，这是一种我从未见过的炽热却又温柔的眼神。不，我是见过的——在纯洁的眼中。我翻了翻手中的书。

慢慢地，我感觉到我的脸变得麻木了。

我抱了她一下，可就像一个对自己的感觉和思想都已失去信心的悲观主义者一样，我显得很窘迫：他们就在那一天出版了她那些笔记本上的故事！她靠过来，贴近我的脸庞，一直吻着我，直到我几乎无法呼吸，最后我终于相信了这是真的。

帕特丽夏身高五英尺二英寸，她有一双绿色的眼睛，浅棕色的头发垂及腰间。哈利说她长相也很普通，他这么说就是为了打击我罢了。确实，当心情不好或是疲顿时，她是挺邋遢的。但帕特丽夏就是那种会令人心情忐忑而自身又果敢的年轻人，我们国家要么把这种人关进监狱或疯人院，要么直接加以惩罚。她刚说完"我一定要逃离这一切"，那些右翼分子的示威游行（要求学校公寓进行种族隔离）就开始了。

我躺着，腹部贴地，看着那些充满挑衅口号的布告（"黑人出去！白人进来！""隔离才是真正的融合！！！"），她跪在地上，咬着嘴唇，想把心里的决定告诉我，又充满犹豫。

她扭绞着我的手："我们一起逃离这一切吧。"

但我——我这个蠢蛋——悲伤地摇摇头，不带思考、鹦鹉学舌一般论述着我不想"逃离这一切"的各种理由。

但她继续坚持。"这很简单啊，"她说，"我们只要离开校园，永远不要再回来，努力逃离这个变态的国家。我们可以逃到博茨瓦纳去。从哈博罗内一直逃到伦敦。我画画你写作。那儿会有……"

其中一个示威者走上前来，一脸歹意地看着她。他嘴中咒骂着："你这个婊子。非洲人的婊子。卡菲尔的情人。你这个荡妇。

你……"

我慢慢地站起来。

他挥起拳头："还有你——"

我往下闪开，躲过了这本是重重的一拳，从后面抓住他的头，狠狠地往上拉，然后把他往前猛撞，撞裂了他的下巴。接着，他身后其他的示威者蜂拥而上，面目狰狞。我急忙推她起身："快跑!"

接着我又打倒一个人，紧随着她而去。

刹那间，他们所有人都在追赶我们。她和我，我们无处可逃了，没有人愿意插手或是帮助我们，因为我们之前也惹火了我们本族的同胞。由于她的脚是畸形的，所以跑不了多远。我能听见她正痛苦地大口喘着气。周围天旋地转。

通过眼角的余光，我看到一拥而上的人影正疯狂地朝我们而来。她跌倒时，我差点就撞上了她的身体。我们被一张张白色的脸紧紧包围着。到处都是鲜血。我的牙间被打得露出粉红色的肉。那些爪子! 就在那时——狂风暴雨般的拳头开始落下的半秒钟之前——我近距离观察了每张白色的脸，有的长着一个酒窝，有的长着兔唇，有的眼神闪亮，有的鼻孔长满了毛，有的长着蓝眼睛，有的长着皱巴巴的一张脸，有的肥头大耳，有的瘦骨嶙峋……

我猛地一拳打在那个人身上，撞击力通过关节一直到我的内脏里。帕特丽夏挣扎着站起来，用手去抓，还用她的小拳头痛打那个长着酒窝的人。瘦骨嶙峋的那个人抬起脚朝她肚子上踢，我转过身来，猛地抬起脚朝他那还在半空的脚狠踢过去。他在半空中翻了个个，我在他身下蹲着，恶心得吐了。他踉踉跄跄，又朝他另外五个朋友跑过去。一阵更猛烈的拳头像石块一样砸下来——是那个肥头大耳的人——恶狠狠地打在我脸上，我开始流血了。变成了一团污渍。污渍！我用拳猛击，同时使劲地踢他的胫骨，当他向前倒下时，我又用左手一把打在他头上。帕特丽夏还在地上遭受着踢打。

我在绝望和愤怒中歇斯底里，在她的身边，我像一个疯子一样地战斗着。我用拳头猛击，猛戳，用脚勾住那些该死的非利士人。我要出击，要横扫一切，要摧毁他们。她被众人踩踏，圈踢，痛苦地尖叫着。我怒火冲天，抡起拳头一刻不停地朝他们挥过去。我要让他们感到恐惧，对他们毫不留情地撕咬。他们也使我筋疲力尽。对着眼前不计其数的白色脸孔，我继续用手不断地打、捶、推，伸着腿一直踢，就这样不断冲向他们。但是他们一遍遍狠狠地打我，直到我流血流到不知道自己是否还活着。他们猛地把我推倒在地，在我伤口上狠打，从各个方向对我拳打脚踢。我没有——我一定不能——倒下，不能用手遮住脸，他们肯定会一拥而上。当他们围着我，暴雨般的拳头往我身上砸下来，又一阵令人天旋地转的猛烈攻击，我也直接回击，冲向他们，要把他们打倒，打得他们后退为止。他们恐吓我，不断把我逼到疯狂，逼到痛苦的尽头，我就用脚，用靴子，用膝盖及木棍还击。他们丧心病狂地攻击我，我就用长棍、短棍、子弹、鞭子疯狂地回击。她倒在一边，已经不会动了，衬衫被撕开了一块，一件肮脏的胸衣露了出来。我用一记上勾拳打倒了眼前的这个对手，迅速跑到她身旁。一大片血泊中我看见的最后一个景象就是那张冰冷的、被吓得变了形的白色脸庞。随后，跨过她的身体，我逃了出去。

那些缝合的伤口。那些缝线，一针咬着一针，随着针在我皮肤上进进出出。每一针上面都沾着一些血迹，它们扎着我，使我近乎发疯。

我最早的记忆是看到一片歪歪扭扭的天空，我从一棵苹果树上掉了下来，手上和膝盖上都是瘀青。母亲用热盐水帮我洗了洗这些伤口，我记得她焦急地向下凝视着我的摇篮，那是我第一次对这个真实世界有所思考的地方。后来，我的眼睛出了问题，我的眼球体由于对着强烈的阳光而感到灼烧的刺痛。那是我第一次发烧，不管阿司匹林还是卡芬诺都无法减轻症状。这时我懂得了要谨慎对待我自己的想象和思想。我还是不知道到底是洪水更厉害了，还是我的身体正渐渐地陷入那一场大水之中。后来我开始梦游，为安全起见，我的房门都被关得紧紧的。医生被请到家里来。他在我全身多处开了几个半英寸大小的口子，在伤口上摩擦着涂上黑色粉末。

旁边一锅粥刚刚煮熟，它正沸腾着，医生让我靠过去对着蒸汽呼吸，我照他说的做了，他用一条毯子盖在我身上。

童年另一件让我记忆犹新的事，是那天我看到一条身型巨大的狗，它坐在一辆车子后座中紧紧盯着我看。我的父母带我去非洲医院看望一个人，我不知道怎么地走进了停车场。停下来时看到其中一辆车上那只毛茸茸的野兽，它的样子让我目瞪口呆。它的眼睛乌黑而清澈，是一种一眼可见的清澈，让我不由自主地信任它。它的鼻子也乌黑而柔软，耳朵自然地向下垂着，盖住了巨大的下巴。我好像感觉到身体里就住着这么一只野兽。它紧贴着窗户，它的大眼睛仿佛要看穿我，我无法抗拒便伸出手打开车门，想放它自由。那一瞬间，门无声无息地关了过来，夹到了它，它咆哮着，巨大的身体冲向门，露着尖牙向我冲过来。

仿佛有许多苍蝇黑压压地涌入我的记忆。参加集会的人们一次次延长祷告的时间，希望能够得到那一点点救赎。墨渍、水彩、粉笔、蜡笔画、泪痕、血斑、时间表、跳蚤生命轮回的海报、更多的墨渍……好像有脏兮兮的手指刮擦着我的七窍，模糊不清的图像偷偷摸摸地在大脑的裂缝中越钻越深。我们的父母，如今都已经腐烂，在二十世纪的泥浆里散发着阵阵恶臭。天空中悄然无息地笼罩着一张铁网，现在，它正慢慢收紧，锋利的牙齿咬进我们大脑最柔软的地方。它一次次重重地敲击着我们的脑袋，让我们行为怪异，甚至对自己都有一些奇怪的举动。在这样一张大网之下，我们所有人的脑子都生蛆了，溃烂了。这些强盗让我们长疮化脓。我们对着一个孤独却充满挑衅的种族歧视者高声辱骂；我们裸露着屁股，蹲在发臭的厕所坑上；我们创作着义愤填膺的黑人诗歌——所有这一切都是我们腐烂肠子包围着的部分。

那些针脚，就像一张升上天空的大网，裹着我的大脑，越裹越紧，网上带着的细针尖锐而锋利，刺入我脑中最柔弱的地方。

我看到菲利普已经安全到家了，他的情况比我有过之而无不及。我们和道格、西泰、里彻、帕特丽夏、艾达，还有叽叽喳喳唱着合唱的三胞胎告别了。我摇摇晃晃地回到家。

黑暗中，有两个阴影飘了出来。我不知道他们是谁。他们挡住了我的去路。

"我们一直在找你。"矮个子的那个人说。

他们向我逼近。

"你把我们的朋友打得不轻啊，伙计。你打了莱斯利，伙计。没有人敢动莱斯利，你不知道吗？"他说。

莱斯利是内斯达的儿子。

我向后退了一步。我的手掌心直冒汗。

高个子的那个人朝我吐了一口口水，骂道："混蛋！"接着，紧紧地抓住我的下颚。我听见自己的牙齿在这猛力之下"咔嚓"一声裂开。我转身想跑，但是矮个子伸出脚绊住了我，我随即重重地摔倒在人行道上。他们狠狠地踢我的脑袋。我努力想要把口中牙齿碎裂的部分吐出来。我意识到我在高声呼叫求救。我强忍着疼痛站起来，我在想：我的鞋子飞到哪儿去了！只是这时高个子追着我跑过来，迈开腿向我踢过来，想要绊倒我。他离我太近了，以至于我根本无法躲闪，也没法逃到旁边任何一户人家门口引起他人的注意。刹那间，我就倒下了，如此之快，连带着他也一起倒在我身上。我立刻起身，快速逃到一户人家门口，正要伸出手敲门，他又抓住了我，把我猛地一拉，抓着我的头朝花园的墙上狠狠砸下去。我越喊越响，希望房子里面有人会听见。我用劲一甩挣脱了他，抬起已经掉了鞋子的脚用力踢门，拼命地向一扇窗户跳上去，大声吼叫着。

我举起拳头，砸向窗户，玻璃顿时扎进手腕，我忍着这割裂的巨大疼痛，透过打破的洞，向里面高声疾呼救命。他的手从后面绕过来紧紧钳住我的嘴，拖着我离开窗户边，又把我拖出大门，直到旁边的一条路上，再次将我一顿暴打，如此残虐，直到我晕了过去，无法言语。

过了很久我才恢复知觉。醒来时，我孤身一人躺在路边。我很惊讶自己居然还活着。我原来不知道人的身体竟然能够承受如此巨大的痛苦。我艰难地站了起来，一瘸一拐地经过外面的大门，再次敲打那户人家的房门。里面悄无声息，没有一丝光亮，没有任何迹象表明里面有人类生命的存在。

我转动把手，门立即开了。我走了进去。窗户上没挂窗帘，一点微光，一阵微风从玻璃上那个破洞透进来。我眼前是一个巨大而黑暗的空房间，里面空无一物，没有家具，什么都没有，一点东西都没有。我的大脑已经麻木，毫无知觉。我感觉我的脸像一扇被人踢破的门。我向内走去，穿过死气沉沉的通道，里面是个小一点的房间，一个死寂、黑暗的空房间。我很想直起身来，去摸摸墙壁，去感受它们真实的存在。毕竟，窗户是在那儿的，并且已经被彻底破坏了。出于某种原因，我开始怀疑自己是否真的在那儿，也许我也是这些房间所创造出来的一部分，与它们紧紧相连。这时，另一个通道出现在我眼前，沿着这儿走过去是一个很小的阳台，在浩瀚广袤的深蓝色星空下，我俯瞰着一个杂草丛生的花园。难道这里也是什么都没有吗？刚才我这么高声尖叫，也得不到一点回应？我从阳台往下走，这时黑暗中有一个又大又鬼鬼祟祟的东西突然之间落入那片野草，又穿过玉米秸秆，穿过花园另一边墙上的一个洞，然后消失了。我不自觉地把手抬起，摸了摸头，疼痛如此剧烈，仿佛是我的脑灰质被切成一片片薄片，然后被一把镊子彻底地扯开。

我就像一个看见了自己体内错乱神经的疯子一般，飞奔着逃出那间屋子。不知怎么的，我还能跑到一个电话亭前，给医院打了个电话。我这个状态还能自己打电话，医院都感到吃惊，接着救护车来了，把我送到了非洲人医院。医生帮我缝合了手腕，又对我的脑袋进行了 X 光检验，还给我打了破伤风针。他让我在一块发亮的屏幕上看了看我的 X 光检查结果。一看到自己骨头的样子，我全身发颤。我心神不安，挤出一点笑容。我的脑袋里，头上什么都没有，只看见一个骷髅，以及变形的笑容下残缺不齐的一排牙齿。这个仿佛是破碎了的笑容，我从来没能忘记。从那天开始，我头盖骨的影像就已经深深地扎进我的记忆，与我对那座恐怖的、怪异的空房子的记忆融合在一起——就是那一座无论我怎么呼喊都只是一片死寂的房子。

一开始就是这饥饿之屋让我事事抱怨，对一切不满的。在我眼中，我的父亲只不过就是一个掏点房租钱、经常暴打我，而且又被不同的人背地里戴了绿帽子这样的形象。他是开大货车的司机，负责把花生油运送到赞比亚、扎伊尔和马拉维。我明白，由于母亲，还由于他总是全身穿卡其布，甚至星期天也是，还由于在钱的事情上他对朋友和对敌人一样的慷慨，他常常被人鄙视。还有一点，他是个酒鬼。

有一次，他带着我和皮特喝得烂醉如泥，母亲狠狠地责打我们三个，当天晚上还把父亲赶出了家门。唯一的一次，他差点跟母亲还手，是因为她发现他的旅行包里装着一整套治疗性病的用具——注射器、药片、青霉素，她把这些全都丢到了垃圾桶里。一天晚上，救护车来了，把他接进去，医护人员提出要有人陪同。"他这是怎么了？"她问。"他被刺伤了。"母亲上了车，车子随即开走了，只留下我和皮特照料我们自己。后来我知道了，他当时是被小镇上一个胆小如鼠的蠢货给刺伤了。从那以后，父亲好像完全变成了另一个人，他终日饮酒。有几次晚上，他全身痉挛，几乎失去了意识，不知道自己在说些什么，做些什么，无法控制不停抽搐和抖动的双手。那种情况下，他应该是不知道身在何处，或自己是谁，或我们是谁，或是厕所在哪里。他经常提到"苍蝇"这个词。很显然，在那种状态下，他一定是被希腊神话中的复仇女神三姐妹给折磨着。这些复仇女神幻化成一团团在屋里乱飞的苍蝇，嗡嗡地大声叫着，一边唱着亨德尔的《哈利路亚大合唱》，一边飞向我父亲。

但就我母亲而言，与其说父亲对她尊重，还不如说对她畏惧。不论夫妻性生活，还是管理家务，或是在表面看起来把丈夫管得服服帖帖，在这些事情上她非常努力。她身手不错，会打架，又能说会道，从来不会丢面子。对我来说更重要的是，她除了把自己的孩子送进白人创设的龙潭虎穴，似乎没有更好的事情可以做。皮特很像她，而我则像父亲更多一些。毫无疑问，父亲从来都管不了皮特——他只听母亲的话。因此，父亲对我就非常严苛。

不出大家所料，皮特很早就和那些家中生有女孩的父亲和母亲变成了敌人。他和母亲给这屋子带来的哪怕只是一点点丑闻，都足以传遍整个地区。皮特二十一岁时，父亲给了他一套新的性病治疗工具作为生日礼物。母亲也只是警告皮特，不许他和已婚妇女扯上任何关系。而我——因为我太嫉妒他了——非常勉强地送给他几句言不由衷的祝福。

但那老头子是我的朋友。实际上就是因为有一天外面下着雨，他拄着一根弯弯曲曲的拐杖，拖拉着身子，走进了这间屋子，然后就留下了。他的脸就像铜丝结成的网，皱巴巴的。他的手腕，身上一串串肌肉，还有残缺的身体看起来如此脆弱无力，仿佛一阵强风吹来或是别人骂他一句就会直接将他推回到雨中。他的牙也是稀稀疏疏的，布满了烟渍，好像一匹老马的牙齿，就算是水壶上的胶水都不愿意接近。但是他眼神深邃，颜色看起来像是水中倒映着火花，感觉里面充满了故事。他也很快就和我分享了这些故事。他会津津有味地和当地的那些苍蝇一起晒太阳聊天，也会因为听到某些秘密而咯咯发笑。他会拿出他的烟袋，用哈罗德的烟叶，慢慢地卷起一根烟。他最乐此不疲的是让我专心地听他讲故事，讲那些与众不同的、漫无边际的、断断续续的故事。他那精通世故、通晓一切的眼神，他时不时发出的笑声，他的喘息和咳嗽，还有他那听起来带着泥土气息和碎石摩擦、时断时续的声音——这些都更好地帮我了解了他时不时告诉我的那些碎片故事。

他会突然间说："一个女人们的猎手。要在你自己身上打猎是愚蠢的。原因是……睡梦中看见捕猎时的激情燃烧，他高声尖叫。最后醒来时，他已经在天空的眼睛里，熊熊燃烧，那太阳。

"……被赶出村庄、城镇和国家。被赶出子宫、房屋和家庭。名副其实的弃儿。这是所有让他感到绝望的事。他依赖不满而活，但这并未填满他的肚子。他依赖着对万事万物的憎恨而活，但这并未熄灭他的饥渴。而后，他又依存梦想而活，依存各种各样的事物，依赖复仇、宽恕、自虐，以及所有事物之中的爱而活。但甚至是那些也未能平息他的饥渴，也并未填满他的饥饿。因为这是一种奇特的饥渴，一种未知的饥饿。这种感觉驱使他离开了自己，离开了朋友，离开了家庭，离开了自己原有的世界。他独自一人，光着脑袋在太阳之下游荡。他依赖身心的疲倦感而活，但是大脑会不由自主地停止工作，而身体又是这么脆弱的一样东西，内部的一切都会纠结，甚至消亡，而后又形成一个新的生命体，在旧身体的周围闪闪发光，一直存活下去，直到那颗伟大的星星落下。因此，身体的疲惫并不能消除他的饥渴与厌倦，并不能停止他腹中饥饿感的侵蚀与折磨。他来到了这个伟大的城市，可正准备进去时，门口的守卫却大声嘲笑他，于是，整件事就这么被埋没在沙丘之下。或许，它从来就未曾发生过。他看到一些美丽的小鸟，可一旦他靠近它们，它们就在瞬间变成了凶猛的秃鹰，唳叫着摇摇晃晃地飞出了视线。这感觉就像一阵突如其来的愤怒。那时，他说：'我将会活在一粒沙子之中。'他还说：'我会点亮一根火柴，火光闪耀时，我会对着火焰中最黑暗的那个地方跳进去。'然而，当他听着自己的故事，听着这些心灵的干涸与饥饿，他又突然心怀安慰地说：'我要住到河流的上游去，那是所有人类问题开始的地方。'"

老头子拿出烟袋，一言不发地卷起一根烟。他的脸——那些紧绷着的铜丝网线——张开了一些，每一格线都在微笑。

他说："非洲有一群男人，他们的女人就像是瓶子。每个瓶子里面有一艘船。男人们很重视这些船，却并不在意女人自身。要知道，瓶子里的船意味着什么呢？这些瓶子是坚不可摧的。男人们不能为了得到那些船而摧毁自己的女人……"

这老头子用火堆里的一根棍子点燃了手中的香烟。我翻了翻烤着的玉米，它正慢慢变成诱人的黄色，就像是落日中的一颗心脏，美得令人无法抗拒。

他说："有个男人在深夜醒来，出门取水，却再也没有人看见过他。"

他气喘吁吁地，抽着烟时还呛到了自己。喘息之间，他告诉了我以下这些："有一个男人在一棵被闪电劈开的大树旁边，发现小洞里有一个小鸡蛋。回到家中，他把鸡蛋给了新婚妻子。她非常喜爱鸡蛋，就像是植物喜爱温润和雨水一般。她烧了鸡蛋，吃了它。当天晚上起了暴风雨。但这对相亲相爱的夫妻早早地上了床，进行了自己爱的暴风雨。之后，他们依偎着，在彼此的臂弯中入睡。闪电四处散开，划破了黑夜，当巨大的雷雨像大鼓一般敲打着房顶，丈夫"嘭"的一声从床上掉了下来。此时，女人也醒来了。'你推我！'他气愤地说，一边试着回到床上。'挪开一点！'他放低声音说。'可我已经在这么边上了。'她如实回答。他又试着靠过去。但那里好像放着什么东西，他过不去。那东西摸上去冰冷冰冷的，他十分生气，把毯子堆到一边。原来是一个沾满血渍的大蛋。仿佛刚刚孵出来的一样，很柔软。那女人大惊失色，赶忙拿开身边的衣服看着自己：她的身体是展开的，就像刚生产完的女人一样，下面鲜血淋漓。男人呆呆地盯着她，仿佛听到头顶上有一阵阵诅咒在盘旋。他们就这么愣在那儿，意识到外面的暴风雨已渐渐平息，正悄悄地潜入房间来听他们说话。"

说到这儿，老头子停住了。他拿起尾巴上已经结起了一段灰的香烟，吐了一口。我从火里拿出烤玉米，吹掉上面的灰，把它们放到盘子里凉一凉。

"一个作家在沙地里画了个圈，站进去说'这是我的小说'，但是那圈圈跳跃起来，从中间把他切成了两半。"

接着，他拿起他的玉米，开始吃起来。我很快也照着他的样子做，因为我很喜欢那个烤玉米。老头子慢慢地嚼着，细细品尝着每一粒玉米甜美的味道。

他一边吞咽一边说："一个愤愤不平的年轻人在这个小小的星球上选择了这个地方待着，待了很久。我想，他是在等待，但他甚至没有意识到他在等待。他不相信能在同一个地方生活那么久，久到他的愤怒已不知不觉在脑中生根发芽，四处蔓延。不，不，他仅仅是待在那一个小小的地方而已啊。直到他的视线像小树枝一样断裂，他的生命日益枯萎，围绕着他身体的残骸，发着光。

一年又一年过去了。四面八方吹过来的风对着这个地方咆哮。闪电划破了天空。脚底下，地球一如既往地自顾自运转。"

他快速而又狡黠地看了我一眼。

"对我说的这些事儿别太较真了。它们只是一个流浪汉的胡言乱语。只是我道听途说积攒起来的碎片故事。"

他说："有一个人，对他来说，每天要做的事情，就是趁着阳光，慢慢走回家。有一天回家路上，他遇到一个绿色的小矮人。小矮人抬起头，轻蔑地看着他，嘲笑他。'为什么你不用根拐杖呢？'小矮人问他，并嗤之以鼻。那个男人伸出手，在石子路上跺了跺脚，说：'难道你看不出来我没有残疾吗？事实上，我并不需要啊。'

"但是那个小矮人对着一条经过的变色龙吐了一口痰，又回头对这个男人说：'你要依靠一根最大的拐杖，就是我所见过的所有残疾人中用的最大的那种。'

"那个男人，非常吃惊，还有些生气，急忙问：'什么拐杖？'

"小矮人再次对着想要逃走的变色龙吐了吐口水，说：'什么，这拐杖就是你的脑子啊。'

"说完，他们就分开了。这时，这条路已经被水和土围绕，许多经过的人渐渐变老，在来来回回中去世。每个人都踏上过这条路，像我这样的乞丐也经常去光顾。有一天，我也选择了其中一块地方，坐了下来，等待着旅行者在眼前经过。那是周日的早晨。

没过多久，有个穿深红色夹克的小伙子向我走过来，问我知不知道去哪里找一个白人妓女。你知道我引他去哪儿了吗？我把他引去白人士兵的妓院，他们把他揍成了一团泥，或是揍成了一团糨糊，我不太确定。没有别人再走过来，我感到非常无聊，开始东张西望、乱涂乱写。就在那时，我发现了这个小包。一定是那个穿深红色夹克的人掉下的。里面有你和你朋友的照片，还有关于你生活的一些信息。带着它们……我想，麻烦正在不耐烦地敲着我的门。"

哈利的转变

最后，哈利挂断电话，走出了电话亭。他笑了。

"她就要来了！"他说，"我随时都能得到她。"

他说的是艾达，内斯达的女儿。这几个月以来，除了说些被他称为"关键"的事情，他天天都在谈论着这件事。哈利也并非急迫地想要和艾达做爱——也可以是其他任何一个女人——重要的是看到事情的本质，抓住关键部分。他需要这次身体上的转变。与此同时，像艾达这样的女人之前已和各种白人做过爱，这使得哈利自信能将洗礼的圣水倒进她那个容器。那到时，转变就完成了。

他心怀喜悦，脚踢着电话亭。

"伙计，这真好，真是太好了。"

这当然挺好的，而且又不涉及什么道德问题。对哈利来说，一切通向成功的做法都是好的。因此，美好就等于成功。要想达到那种极好的气氛，只有尽力成为一个好人。

哈利懂得什么是邪恶。邪恶就意味着失败。哈利目睹过许多失败。没受过教育的穷光蛋天天数着钱付房租，无数次把妻子的肚子弄大，为了攒钱买缝纫机戒掉了烟和酒。长满老茧的双手，肮脏的身体，彻头彻尾的脏，这些就是邪恶、失败。整日在工厂里、矿地里、大路上、大桥下、农场里、田地里艰难地劳作，得到了什么？——失败。

哈利看不起女人，即便是艾达。他藐视这样的人，因为对这些人而言，痛苦仿佛是生活的必需品。但也有一些人经常互相欺骗，他也喜欢那样做。

当他走向房间，一群刺人的苍蝇猛然间飞过来，叮在他头上，他像一只毛烧着了的猫一样，飞快地跑了。他用力关上门，靠着喘口气，接着锁上门。然后他放下软百叶窗，弯腰打开他那个铁箱子。里面装着半箱《花花公子》杂志。他拿出一本想看的，封面是位非裔美国女模特——在饥渴地等待着什么。成了。哈利微笑着看着她，拉开了裤子拉链。

他已经为艾达的到达做好了准备，不可能再出什么差错。飞蛾将在火焰中重生，变成比它更为高尚的同类。之后，这一切都将只是个梦，他会记得这个令人兴奋的激动时刻。哈利看了看他的手表。

后来，他一边吃着晚饭，一边心不在焉地观察着周围的世界，他觉得他就要成功了。盘里是块很小的肉，但味道极其鲜美，仿佛上天提取了精华之水，将一根精致的白色羽毛浸入其中，接着小心地把它滴到在他食管下部的括约肌上。

哈利不喜欢思想复杂的人。他的父亲曾经说过，那些人身上充满了失败的臭味。于是，在打完电话、吃完晚饭之后，他思考了一下，之后在一家拥挤的酒馆约见了一个黑人侦探，与他交换了白色信封。随后他回到学生会，边喝着姜汁麦酒，边等待艾达出现。其间，他漫不经心地拿出信封，充满爱意地看着它。他笑了。他已经准备好了这最后一个仪式，虽然只是形式上的，却能给他的转变画上一个句号。

忽然一只手伸过来，调皮地拧了一下他的脸。

"你好啊，笨蛋。"菲利普和他问了个好，同时也对阴暗角落里的人打了个招呼。

艾达走过来坐下了。

菲利普又拧了一下哈利的脸——这一次有点儿用劲了。

"就是他吗，艾达？"

"是的。"

"让我们亲口听你说吧，混账间谍。"菲利普说。

哈利则不说话，这时菲利普伸出手来，抓住了哈利的衬衫。

哈利舔了舔嘴唇。菲利普用力摇了摇他，这时一个信封掉在了地上。

哈利责怪道："我掉东西了。"他声音沙哑，清了一下嗓子。

艾达正盯着那个信封看。

菲利普松开手，转过身对她说："艾达，你想喝杯饮料吗?"

哈利快速起身，但是菲利普预料到这个动作，伸出脚去，于是哈利重重地摔在地上。菲利普捡起信封，向吧台走过去。

我觉得这会儿对相关人员最佳的做法就是我也参与那并不令人愉快的谈话。我没看哈利一眼。

"都还好吗，艾达?"我问。

"总体还行。"

"哈利，你还是走吧。"

艾达露出个大大的笑容，笑着说："他用劲了。"

这时菲利普捧着两杯松子酒回来了。见到我时，他眨了眨眼睛，似乎还有点儿不相信。他说："我就说我看到你了，拿着你的笔记本，鬼鬼祟祟的样子。"

"对啊。"

能再一次与菲利普聚在一起挺好的。

哈利舔了舔带着瘀青的嘴唇。

"请你把信封还给我好吗?"

但是，菲利普把手伸进外衣的口袋，拿出了两只一模一样的白色信封，递给哈利。

"自己选吧。"菲利普说。

哈利盯着信封看了一会儿，从杯中喝了一大口麦酒。哈利没法逼自己做出选择，只能碰碰运气。

眼睁睁看着周围的一切失败，哈利只是想要一个自由呼吸的空间。

"再去要杯酒吧，如果你还想要的话。"菲利普给了一个慷慨的眼神。

哈利赶紧走到吧台去。

菲利普转过来对着我。

"我看你还在利用你的朋友们来编写离奇的故事吧。"他说着，打了个哈欠。

他摇晃着坐了起来。他看着那些信，又看到我双手空空，他突然眼睛一亮。

"对了，"他打了个响指，"我就知道哪里不对劲。"

我被他的样子给逗乐了。"什么呀？"我说。

菲利普站起身说："你都没酒喝，我给你弄一杯。"

他把信一封封排好，放到一旁的桌子上，走到吧台去。我开始好奇，是什么事情在影响着他。

哈利回来了，眼睛仍旧盯着那两封信。

艾达板着脸说："哈利，你现在做的事，就是几个月以来一直折磨我的事。"

他的脸上渗出了汗水。但是不知道为什么，他笑着说："是的，我是对的。我就知道，我是对的。"

他又说："你也是个了不起的女人。"

"那你是怎样的了不起呢?"我问。

"我还不知道。"哈利说。

他好像正在非常缓慢地从一个贝壳中爬出来,身体裸露在外面,就像一颗种子从外壳中破壳而出。

"我叫你选一封。"菲利普催了他一下,然后把我这辈子见过的最大杯的威士忌加苏打水推到我的面前。他知道我是非常憎恶威士忌的。

我还是喝了下去。

艾达也耸耸肩,把松子酒一饮而尽。她和菲利普达成了某种共识。但是菲利普想要一个更特别的安排。艾达则希望听从命运安排,不喜欢变化。她与她母亲之间也正在闹矛盾。她的母亲是这镇上最出名的妓女。她想弄明白是不是她家注定了要经历这么多悲惨的事。这让她近来容易冲动发怒。此外,菲利普对于他们之间的关系越来越无法接受,他希望两人能够结婚。而她从接到第一个电话开始,就明白了哈利想要玩的游戏。她曾经问自己:"这么多糟糕的事,他为什么还要单单看中我?"

菲利普向她招招手,要她过去,她心里急切地想问哈利:"为什么,难道我也是这么糟糕的人吗?"但是当她看见他时,一眼就明白了,之前对他的了解让自己对自己都心生厌恶。对于菲利普,她能做什么呢? 她什么也不能做,因为她对菲利普的了解一点儿也不能反映他的真实个性。对他的这种无知，使她焦躁不安。

这时，菲利普已经买了一瓶戈登酒，又把原来的杯子加满了。我仍然喝着威士忌。除非被枪指着，否则我无法想象有什么黑人会选择喝金馥力娇酒。

我们全在那儿，一个时局不稳定的国家，我们的未来希望渺茫。这是一片天性狡诈的国土，而我们傻傻地随时生活在谎言之中。这是一个道德沦丧的世界，我们都是活在最底层的碱性金属，时刻准备着遭受酸性物质的腐蚀。

桌面上就放着那两个信封，哈利一直盯着它们看，眼珠子都快掉出来了。

从哈利敏锐的目光中，我看到一种强烈的偏执，这只会导致一个结果。我快速向上一看，就如桑丘·潘沙一般，一口气喝完了杯中每一滴威士忌。

菲利普把那杯戈登酒推到我这儿。

我很感激他，于是接了过来，喝了一杯又一杯。

希望在哪里？——愿景在哪里？

一阵刺耳的声音穿进了我的耳膜。

被这声音吓了一跳，我抬起头来。菲利普和艾达也在盯着看。

这又高又尖如针尖刺耳的疯狂声音是哈利发出来的。

但他其实并没有发出任何声音。

他 那 缓 慢 的 脚 步 声

> 假如有一天，我安安静静坐在这个角落倾听，也许
> 能听见他那缓慢的脚步声。——J.D.C.佩罗

昨晚我梦见那位普鲁士外科医生约翰·弗里德里希·迪芬巴赫诊断说我的舌头太大了，他把我的舌尖及两侧割掉了几块，缩小了我的器官。就在此时母亲叫醒我说，父亲在一个环岛路口被一辆超速行驶的车子给撞倒了。我去停尸房看他，当时他们已经把他的头缝回了身体，他的双眼睁得很大。我试着把它们闭上，可就是闭不了。后来我们埋葬了他，他的眼睛却还是直直地向上翻。

我们埋葬他时正下着大雨。

我醒来四处找他时，天也下着大雨。他的烟斗还放在壁炉上，那是他放置烟斗的老地方了。我看着这烟斗，大雨正下得猛烈，

几乎打碎了关于他的我的记忆之屋的那个锡制房顶。他那些精致的、皮面装帧的书还整齐地、静静地立在书架上，其中一本是奥利弗·布莱得斯汀的《口吃治疗手册》。还有一块仿造的楔形写字板，上面写着几句关于祈求脱离口吃痛苦的祈祷文，这是远在耶稣诞生之前的祈祷文。他告诉过我，摩西、德摩斯梯尼及亚里士多德也曾经历过说话的障碍；还有巴特斯王子在他宫廷御用魔法师的建议下，征服了北非，治好了口吃的疾病；德摩斯梯尼将鹅卵石塞满嘴巴，在海边大声练习说话，喊得比海浪还要响，就这样治好了自己说话结巴的毛病。

雨还在下着，我躺下后闭上眼睛，仿佛能看见他挣扎着从湿漉漉的坟墓里爬出来，挪动着上颚骨。醒了之后，我感觉他就在我身体里，他努力地想要开口说话，我却说不出来。亚里士多德嘀咕道："你的舌头长得又厚又硬，非同寻常。希波克拉底逼我张开嘴，把冒着泡的药放进我的舌头，用以排出那些黑色的毒汁。"塞尔苏斯摇了摇头说："这舌头需要的是一瓶好的漱口剂和好好的按摩。"而盖伦也不甘示弱，说我的舌头只是太冷太湿了。弗兰西斯·培根则建议用一杯热酒来治疗。

沿着酒馆走下去的时候，我看到小镇的入口处停着一长列运送士兵的装甲车，车上全都是白人士兵。其中一个跳了下来，拿枪戳着我强行检查我的文件。我身上只有一张学校的学生卡。他仔仔细细地检查了很久，我在想这卡有什么问题吗。

"你为什么出汗?"他问。

我拿出纸和笔,写了几个字给他看。

"哑巴呀。"

我点点头。

"你是不是觉得我也傻呀?"

我摇摇头。我还没来得及挥手表达我的意思,他就快速地抬起手,扇了我一个耳光。我抬起手擦掉嘴边的血,但他挡着我,又开始打我。我的假牙碎了,我真害怕会吞下那些参差不齐的零件。我把它们吐了出来,没敢再用手帮忙。

"还用假牙,啊?"

我感到双眼刺痛。我看不清他,但是用力点点头。

"身份也是假的吧,啊?"

我多么想动一动嘴巴,逼着自己把学生卡上的信息再告诉他一次。但我只能发出一些含糊不清的声音。我指了指掉在地上的纸和笔。

他点了点头。

当我弯腰下去想要把它们捡起来时,他突然抬起腿,膝盖差点就折断了我的脖子。

"你是在找石头对吗?哼!"

我摇着头,但我太痛了,一直摇个不停。身后传来了跑步的声音,那是我母亲和妹妹的声音。这时,传来了开火的紧急消息。

在跑步的过程中，母亲被击中了，她的身体被刺鼻的气流抛向空中，停顿了一下，她的眼睛直勾勾地盯着前方。几秒钟后，好像她体内有什么炸开了，她径直摔了下去。我妹妹的手，向前朝我的脸这边伸过来，她又被吓得马上用手捂住嘴。我能感觉到她拉紧了她的声带，仿佛是通过我的嘴在放声尖叫。

母亲死在了救护车上。

我埋葬她时，太阳正在无声地尖叫。模糊的光亮周围是冷热相杂的光晕。妹妹和我，我们走了四英里回到家，中间经过了非洲人专属医院、欧洲人专属医院、英属南非警察营、邮局、火车站，最后穿过一英里宽的绿化带，回到了黑人居住的小镇。

房间是如死一般的沉寂，我觉得它想要移动舌头和下颌骨，开口对我说话。我望着房顶上的木头横梁，听见妹妹在隔壁房间里来回不停地踱步。我的房间里除了我的铁床、书桌、书，还有一块帆布，我一直都希望在那上面画出内心那绝望却又沉默的声音。我奋力忍住眼泪，却依旧强烈地感觉她就住在我的身体里，我快要受不了了。幸好这时门开了，他牵着她的手进来了。她穿着一袭白白的长裙，身上发出微弱的蓝光。柔软的脚上穿着亮闪闪的白色凉鞋。但她瘦骨嶙峋的脸紧紧地抓住了我的目光，两个空空如也的眼窝，笑着露出尖尖的牙齿（其中一颗破了一小块），突出的颧骨，还有被残忍砍掉的鼻子，这些画面深深抓住了我的目光，甚至要将我拉紧的双眼猛然间吸进她那僵尸般的死寂。

他身穿黑色衣服，皮包骨头的指间握着她骨瘦如柴的手。他的头还没有完全缝回去，摇摇晃晃地倒向一边，仿佛随时都会掉下来。他的头骨上，从额头中间到下颚有一条弯弯曲曲的裂缝。头骨是粗糙地接回去的，非常不牢固，感觉随时都会掉下来。

我的眼睛疼痛剧烈，几乎无法忍受。我眨了眨眼睛。当我再次睁开眼睛时，他们已经不见了，眼前站着的是我的妹妹。她正喘着粗气，这让我的胸口疼得厉害。我伸出手碰了碰她，感觉她很温暖，我感觉到她的呼吸就在我的声音里，焦灼而痛苦。我非说话不可。正当我要开口发出声音时，她弯下腰，亲了我一下。我俩立刻紧紧拥抱。屋外，黑夜仿佛在房顶上模糊不清地说着些什么，风呼呼地吹着窗户。我们听见了远处军乐队铜管乐器的声音。

圣诞节的重逢

这辈子我之前都没有宰过一只山羊，以前都是父亲动手，但因为这是圣诞节，而且他现在已经死了，死了七年了，母亲也死了，没人会让我妹妹露丝去动手。这应该是男人的工作，家里就剩我和露丝两个人。我正在大学假期里，埋头忙碌于一本书的写作，心里一直想着圣诞节时能够好好休息。可是偏偏这宰羊的事就要毁坏一切。确切地说，这是平安夜，是宰羊的时间。镇上的每个人都会在这时把家里的山羊宰了。我正努力想要找借口避免亲自动手宰羊，我提醒露丝，山羊是有人性的，也是彼得·潘最喜欢的动物，我怎么能杀了它呢。我对她说，即便这并不一定真实，但我感觉自己的灵魂就是一头长着尖角和胡子、身体强壮、富有活力，并且能够反刍食物的动物。我一直以来都有点会使坏，有点小顽皮。我说，我的形象就和摩羯宫一起高挂在天上呢。如果这还不够有说服力，我说，那该如何理解这个现象，那条至关重要的南回归线似乎总是让待在其附近的人变成恶毒、下流、骄纵、该死的布尔人。总而言之，宰一只山羊就如同对人类内心和四肢等关键部位的大不敬。此外，我补充道，我可不能吃我自己杀的东西。在这个我们称为"生活"的伟大小说之中，我的存在只是如羊毛一般微小的部分，要我去杀害一只可怜的老山羊这种残暴的行为，我也无法用逻辑去解释。想象一下这个画面，一大群嗜血的德国人对着一个充满恐惧的犹太小男孩高呼："鬼啊！"对我而言，所有对上帝创造的、于人无害的山羊进行大规模屠杀的这一切，正是扭曲了圣诞节真正的意义。那圣诞节有什么意义呢，什么意义呢？我们是非洲人，所有这些关于圣诞的无稽之谈只是个醌醌的消遣罢了。我说，毕竟互相攻击的白人和黑人现在正准备过节，紧拉着对方去公用的厨房，用辣椒、芥末、黑胡椒和薯片给自己上好作料，接着每个人都会拍着肚子打个嗝，然后轻轻抓一下肚子，慢慢消化这自由和圣诞的味道。这整场大规模屠宰无辜山羊来庆祝耶稣诞生的习俗真是让人恶心，更不用提那种所谓集中圈养山羊的行为。事实上，还有什么比纯种山羊更勇敢、更雄伟、更顽强的呢？用几个先令买只山羊，拴着拉它走进一道带刺的篱笆墙，让出生的婴儿亲眼看见它的喉咙被割破，内脏被切成碎片。更重要的是，我根本就当不了真正的杀手。或许我不经意间踩到过一只没注意看路的甲壳虫，当然也可能打死过在我学校宿舍里猖狂作祟的可恶蚊子。还有那只恶心的、肥大的苍蝇，它简直快把我逼疯了，我拿起一本《莎士比亚全集》精装本就朝它砸了下去。我记得我只是盯着它那双复眼，把它扔到废纸篓里，接着，那狡猾的虫子想要装死（垂死挣扎之后），结果真死了。我明白当那条蛇在苹果树边偷偷摸摸，而你正充满渴望，盯着那只最红最熟的苹果时，也许你是不该被我的猎枪给吓死的。而每个青春期的男孩都自尊满满，也都曾经用橡皮弹弓打死过小鸟。其实这和打架并无差别：抬起拳头，你就已经是个潜在的杀手了——这并不是什么男人的威武。怎样成为一个真正的男人，这个问题快把我们给逼疯了。我可不要这样。你我之间，除了裤子中间的部位，没什么不同的。如果你想吃山羊肉，就自己动手。假如我通过在一瞬间割破这些家养山羊的喉咙，就能成为一个真汉子，那我觉得由你来施展这个暴行，你也可以立刻变成一个真正的女人。当你夺取另一个生命来获得成长，之后还怎么去坦然面对任何一个生命呢？我的意思是，我的世界一片狼藉，是因为我所经历的每一阶段都在吞噬着前面的那个阶段。这样一道走一步啃食一步的巨大楼梯将带领我们通向哪里？谁想成为那楼梯的第一步，谁又会成为这周而复始、互相吞食的循环中最后的一步？上帝啊，我知道那只山羊可能吃光了许多草，草又吸走了泥土里的盐和水分，而盐和水分很可能来自地底下发臭的尸体，我是说，管他呢！周围的世界在互相残杀时，至少我们自己可以保持一颗不杀之心。瞧，你是我妹妹，所以别逼我——至少给我一个机会。我这双手不是游击队员的手，我们无法眼睁睁地看着而置之不理。这也不是史密斯的军队。是我啊，是我。我仅仅是别人视而不见的存在。山羊盯着我看的眼神让我全身紧张。但这也很正常。当你面对这些人，他们在你面前毫不避讳地谈论如何除掉你，剥你的皮，把你腌起来，让你死无全尸，继而还要把你当作美味的食物享用，一小时后，再从他们的屁股里排出去，冲到迷宫一样的下水道里，你会以什么样的眼神看他们？我知道我们不能吃空气、石头或是火，但无论如何，我们至少还可以喝水。但我们为什么要吃要喝呢？不管是谁，我们的创造者一定有个混乱的头脑！假如有人剥了你的皮，将它挂起来晒干，然后做成鞋子，你会有什么感觉？我的意思是，世上就有这么一些人，他们为了制造肥料，会煮烂你每一根骨头——假如你的骨头不够硬，不够好，他们会把你煮了又煮直到有胶质流出来，然后给学校的孩子们当胶水，用来粘贴纸娃娃，再把它们贴到时间表上。这张表上标注着从穴居人到现代人的人类文明演化进程。人类进化到今天，看待世界的方式，或许和别人通过一个即将关闭的镜头审视你的方式是类似的。我却拒绝这样看世界！他们看着你的样子，就和你强迫我盯着那只山羊一样。他们看着你，就像是看一顿食物，他们吃了你的内脏，把你当个屁放出去，然后把这叫作进步。我们能关押所有的猪、牛、家禽、山羊和绵羊，把它们养肥，赶进毒气室，弄死了之后夺走它们的肉、骨头、大脑、金牙、结婚戒指和眼镜，夺走它们的一切，却美其名曰集约化农业，现代的进步。这个现实真让我觉得恐惧。我们总是千方百计以别的名字，而不是真实的情况去称呼这些变化。上帝创造世界，并不仅仅是为了给我们提供食物。如果是这样，那就请上帝帮助像我一样的这些人吧。上帝？1915年和1916年在西方战线，就在圣诞节那天，他们停火了一段时间，双方进行了一场足球赛，等到他的生日一过，双方又开始大打出手，互相打得头破血流。其中一个该死的德国兵看起来就像一个手里玩弄着金鱼的小丑。我可不想让别人觉得这是个闹剧。山羊也同样不希望如此。除此之外，那个可怜的乌干达大主教同样也不想如金鱼一般，被阿明总统玩弄于股掌之间。如果我在这儿不提起它的名字，也许那条金鱼会更喜欢吧。

天哪！已经这么晚了。我们几点钟吃晚饭？你什么意思？要想吃晚饭，就必须得宰了那只山羊吗？我当然想吃晚饭。这是七年以来第一次我能够回家吃饭，连这么简单的一餐饭都不给我安排？山羊？他？这顿毕恭毕敬的晚餐就是为了他，对吧？上帝请帮助我——我要……请他看护那些饥肠辘辘的马科尼人。他们今天可能又什么都没得吃。嘿——小心！它挣脱了绳索。看它跑得多快，就像彼得·潘，又像一只替罪羊，也像年轻时候的那个我。它冲过了那人群！跑进了森林！好吧，祝你好运，潘。别用这种生气的眼神看着我，露丝，晚上我们出去吃吧，我已经订好位子了。就在那个高档的地方，布雷特。我的妻子会在——我看看——五分钟之后加入我们。你们俩一定有好多要聊的——已经七年了。我只希望不会因为超速而被罚款。

在雨中灼烧

我想，镜子是在中间，是完全展开的。他经常赤身裸体地站在镜子前面，暗自观察自己。人类身体的这个部分长得如此奇怪，他觉得很难理解。他喜欢嘲笑镜子里的身体，又像个害怕遭受成人报复的孩子一般，只是暗暗地发出嘲笑。

接着，镜子落进了他大脑深处，事情就变得有些不妙了。

镜子里的猩猩打败了他，但他也从头到脚武装自己进行反击。可是，眼睛及脸上的某些部位……那些长满毛的手，他手背上的那些伤疤……怪物呀！

他冲了出去，跑进雨里，寻求自我保护，就像有些人自怨自艾时通过眼泪来安慰自己一样。墙壁刷白了，如营房一般的房子站立在布满碎石子的街道两边，看上去阴暗、忧郁。头顶上，仿佛天空是一个充满黑暗和愤怒思想的大脑，每当像孩子一般灵机一动，就突然发出一道闪电。

他走到了第191号。

是弗兰克开的门。

从他那小小的、轮廓分明的脸上看得出来，生活中，他经历了许多痛苦的美好。那孩子觉得他是个大傻瓜——这时大喊道："玛格丽特，有人找你！"

玛格丽特出来了。

她长得身材高挑，温柔可人，仿佛身上带着雨中一切美好事物的甜甜味道——握紧的小拳头像刚出嫩芽的绿叶，那香味闻上去让人仿佛回到了那令人陶醉的美好岁月。她看上去是如此精致，就像没有人愿意去说起的一种禁忌，生怕破坏了她。但她并不开心，她担心他的那面镜子。她想要打碎它，当着他的面看着它裂为碎片。他的脸上又一次出现了她所熟悉的那种温柔神情。

当他吻上她时，仿佛听到了婴儿在号啕大哭。

他又一次感到疑惑，她的出生如此卑劣，可她究竟是靠什么魔力变成现在的样子。

"玛格丽特！快领客人进来。"她的祖母喊道。

"我们正要走呢！演出马上就要开始了，我们会迟到……"她也朝着祖母大喊，但一声熟悉的讥笑"妓女！"打断了她。

他们跑着冲进大雨中，绕开如记号一般立在院子里的那棵结不了果子的苹果树，慢慢地沿着碎石子街道往前走。雨下得挺大，如一块块小石头一般砸在他们头上，如此迅速，如此使人无法抗拒。她露出她那小小、尖尖的牙齿笑了一下，这笑容是这么温暖，我们彼此之间在雨中感觉到这种刻骨铭心的亲密感。雨，就是上帝赐予的水滴。随之而来的是茁壮成长的树叶，就像值得我们去努力的生活。但同时，也带来一个永远打不碎的镜子影像。

那年夏天，他们曾去河中游泳。河神们很慷慨，当她浮出水面，用手擦拭闪亮的双眼里那如水晶般清澈的河水，她能感觉到它们对她的祝福正颤抖着掠过她的皮肤。他也猛吸一口气，一头扎进了河流最深处，那里住着半人半鱼的生物。他也——很久之后——浮出水面，急促地大口大口地喘着气，笑着拍打着四周银色闪亮的水面。他们曾经在河流的上游，那么热烈地融合在一起，合二为一，那里的牵牛花香气四溢，香得甚至让他们感到害怕，常常停下来听一听围绕着他们的那一片寂静，就是那种寂静在推动着河流不断前行。那里河水湍急，一直流向印度洋。生活要总是这样，那该有多好，对啊，没有人非得要审视自己的所思所想。如果你是一块石头，就不用。石头落入水中，掀起一道水花，周围亮起了几道彩虹。但镜子上的寒霜把所有事物冻结成一块冰，里面有的只是互相责备。这使得她看到了他眼中的自己，却发现那儿什么也没有。世界的另一边，只有一种巨大的、令人费解的空虚。那比死亡还要可怕。接着工作吧，工作。她在一位亨德里克斯夫人家当保姆。那夫人体型肥胖、声音温和，但经常怀疑玛格丽特犯了很多罪，却又说不出具体是什么罪恶。她的第一宗罪，就是和他在篱笆后面犯下的。那时，越过他的肩膀，她往上看见天上一轮又圆又大的月亮，闪闪发出光芒。她并没去想在那月亮后面藏着什么。在这里，他的脸与她如此接近，可看起来却完全陌生。简直难以相信。她不停地想，是他身上的什么东西在触碰她的双唇。冰冷的眼泪刺痛她的双眼，不断流出来。一切都在灼烧，那么痛。他把眼泪从她的脸颊上舔干，这痛苦也沾满了他的眼睛，就像一个孩子因为犯了点错，而进行自我惩罚。难道她就是对镜子里面那只猩猩的惩罚吗？

这雨感觉起来潮湿而又温暖。

火车咔嚓咔嚓地在黑夜中疯狂地前行，雨水反射出车身的亮光。他们匆匆忙忙收拾好行李。出租车上，他们看见燃烧的街灯，发出那么强烈的光，仿佛是这片荒凉大地的守护者。火车车厢里又挤又闷又热，他们滔滔不绝地在说着这个国家的灵魂是多么痛苦，多么可爱又多么枯燥，仿佛是它猛烈地撞进了上帝的影子。

感觉到还能有希望，却又只是种幻象。

这个幻象就是他的童年。但是时间仿佛将辣椒水挤进了他的眼睛，灼烧的刺痛感使他近乎发狂。镜子将一切展现无遗，透过它，他仿佛感觉到他的同族生物——黑猩猩，正笨重而滑稽地走向他内心深处。他继续向里望着，里面是无穷无尽的空虚。但是镜子深处的一切仿佛看起来更加真实。比他脑中萦绕的声声牢骚、阵阵抱怨还要真实。尽管一想到躺在地底破旧寿衣里的人，他就备感煎熬，但至少这不会让他变得麻木不仁。但就在那一丝人性的边缘，他坐立不安地徘徊许久，不愿意选择那一旦迈出就无法停止的关键一步。镜子里的黑猩猩讽刺地大笑起来，它也努力地或手舞足蹈或来回踱步，但最多也只能得到一个不确定的结果。但是它还是站在那里，发出一个小小的钻石般的微笑。事情就到此为止了吗？他感觉到内脏里永不休止的折磨。就如那种将人炸得脑袋开花，流在门口的感觉。他清晰地记得那一张张脸，却没法记得他们的名字。一旦想起某个名字，就总是忘记他的脸长什么样子。让他感到害怕的是，他永远也认不出自己的脸了——特别是在认识了镜子里那只黑猩猩之后。而那只黑猩猩，因为懂得了自己对他有如此大的影响，渐渐地使他们俩的交互变得更加难以忍受，更加卑鄙肮脏。他感觉自己像是一块布，被泡在冰水里，又被拉出来拧干，晒在一根摇摇欲坠的晾衣绳上，神志快要崩溃。这种情况接连不断地发生——直到他开始记不起事情。

起初，他只会失去记忆几个小时，但接着就连续几天都记不起来。他看着手中一张张白纸，这表示，关于他做过什么，去过哪里，一丁点儿都想不起来了，他甚至都想不起自己曾经晕倒过。当他从沉睡中醒来，却发现自己穿戴整齐，从头到脚，全部都淹没在烟灰里，才猛然发觉是出了什么事情。他的膝盖和胳膊肘上布满了瘀青——右脸上结着血块。房间中间有一只红色的大袋子，里面装满了淫秽的圣诞节卡片。起初，他一点儿也不明白这到底是怎么回事。

第二次虽然还是很困惑，但至少没那么痛苦了。他醒来发现自己把自己全身画成了白色，还戴着一顶欧式的假发。洗掉那些白颜料花了他好几个小时，接下去几天身上都是那股味道。这使他异常焦虑：一定是出了什么大事了。镜子里的黑猩猩看起来很激动；它很容易激动；它似乎是以打击他为代价，珍藏着一个大秘密，可笑的秘密。他的阴郁愈演愈烈。在他身上一定是发生了什么事，他却毫无知觉，这使得他尤为担心。他并没有生病，也未曾做过噩梦，也没有精神崩溃。事实上，他觉得自己感觉挺有活力，就像新酿制的美酒，喝上去感觉健康，味道特别好。

但是醒来时，他却发现房间里一片狼藉，就像有个魔鬼进来扫荡过一般。所有的东西要么被撕得粉碎，要么被敲得粉碎，四处乱飞。整个房间都散发着恶臭；一堆堆恶心的粪便沾满每一个角落……甚至天花板上都有。

他深深地发出一阵呻吟。总共花了六天时间才把房间打扫干净。到了第七天，他休息了一下。有人敲门时，他正坐在扶手椅上。玛格丽特走了进来。一闻到房间里的气味她就皱起了鼻子，毫无疑问——这里有变质了但是仿佛味道又甜美的东西，是一种掺了怪味的蜂蜜香，其中应该还掺了湿润的喇叭花。她问他，是什么气味。这是他第一次对她说谎。谎言。她似乎预料到他会说谎。她知道，是那个镜子里的他在和她说谎，她无法容忍这个。于是她随手从桌上捡起一个空瓶子，朝镜子砸过去，镜子顿时裂成了几千片，但是没有碎。它只是裂成了无数个小镜子，刺眼地反射着她的形象。坐在扶手椅上的他也随着大声苦笑起来。于是他们俩第一次真正的吵架爆发了。这也是第一次，他们俩互相咒骂。

她突然大哭起来。这一切都来得那么突然。

天空下起了大雨，雨滴像一颗颗石子飞速砸在他们头上，老天就像个孩子，拉着大人切切地索求关注。街道两旁刷白了的房子好像也变了，变得有点恐怖，有点邪恶。火车咔嚓咔嚓开过的声音就像是有几百万微型小人在逃离一次全国大灾难时发出的声音。

想到那些，他们俩瑟瑟发抖，互相紧紧拥抱。

原生生物

我们这个地区遭受了严重的干旱，所有的河流和水井都干涸了，整个区域连一滴水都见不到。我孤身一人，住在一间小茅屋里，屋旁长着一棵从来没结过果子的无花果树。它偶尔还会长几片叶子，看起来有点生命力，但总是好景不长，它常常被东南风无情地摧残。这风卷着灰尘，刮得人感到干燥，一直刺痛我们大脑里最平静的那个地方。风是如此的猛烈、干燥，几乎席卷了一切湿润的空气。

我的茅屋坐落在雷萨皮山谷一处微微突起的地上。整个山谷呈现红色，布满黏土，由于强烈的阳光照射，已经干涸龟裂，留下一道道疤痕。加上夜晚寒冷侵袭，我躺着无法入眠，想着玛利亚那个女猎人。一天早上，她放下她的弓和箭，径直向着太阳升起的方向前行，之后我就再也没有见到过她。但是离开之前，她用红色粉笔在我床边的墙上画了一个圈，说："假如这个圈开始滴血，从墙上往下流，就说明我遭到了危险。但如果它慢慢变蓝，然后裂开变成一个十字架，那就说明我在回家的路上了。"

就在她离开那天，干旱开始了。看不见任何一根青草，看不见任何一片绿叶，看不见希望。这干旱的恶人举起他那巨大的红手掌，一把抓起了所有绿色的植物，口吐热气，把所有的叶子吹进了地平线上一个红色的圆点之中，那就是我最后一次见到玛利亚的地方，当时她正举起弓，瞄准一头奔跑的羚羊。

不知不觉之间，十二年艰苦的日子过去了。

我还要在这里服务三年。由于我被判定有几重政治犯罪，被一个法官流放到这个荒凉落后的地方。玛利亚曾经是我的秘书、我的妻子，很多年以来，陪伴我一起忍受艰苦的流放生活。日复一日，太阳灼热地燃烧，把日子都烧成了灰烬，把这片区域都变成了黑色。我开始忘记许多事。尽管非我所愿，在梦里我还是常常见到以前的记忆，它们像金属丝一样紧紧拉着我不放，可我思绪混乱，已经没有能力清晰地思考问题了。一想到水，想到干渴、贫瘠的土地上不见一滴水，剩下的只是抽干了的躯壳，我的想象就似乎持续地在遭受着灼烧。与其说我常常遗忘事情，还不如说我脑中屡屡纠结于关于水的一切思想。在我的思想里，水的存在和对玛利亚的思念、关于我自己的无能、关于那棵无花果树、关于雷萨皮山谷的红色土地的思想，纠缠不休，难解难分。我的前半辈子简直就是在浪费生命，虚度光阴，屡屡失败，一无所成。
要不是这些年的经历也包含着我的青春时光，还有我和玛利亚在
一起时仅有的快乐日子，我宁愿把它们都忘了。可是现在，虽然
一切已经远去，出乎我意料的是，它们又以一种新的方式，回过
头来，继续对我造成困扰。我几乎想不起来它们原来是什么样子
了。我快满六岁时，父亲曾经告诉过我一个故事，是关于人类恢
复力的：一个青年，因为对他父亲所做的事感到反感，有一天离
家出走了。终于，他到达了世界的尽头，于是兴奋地在墙上写下
"到此一游"，还在后面加上自己新创造的名字。时间一年年过去，
起初的愉悦感消失了，他厌倦了周围的一切，想要回家把一切都
告诉父亲，在快到家时，发现了一直都在寻找他的父亲。父亲说：
"这么长时间以来，你以为你从我身边逃开了吗？其实你一直都在
我手心里。"接着，父亲打开紧握的手掌，给他看了上面写着的
话。这些字——一模一样的签名——清二楚地写在父亲的手掌
心上："到此一游。"男孩大吃一惊，火冒三丈，当场杀死了父亲，
然后自己吊死在花园中间一棵不结果子的无花果树上。

　　在梦里，我曾经无数次见到故事中的场景，每一次其中的细
节都会有所改变。有时，女猎手玛利亚就是那父亲，而我就是那
个儿子，我茅草屋外面的那棵树就变成了那棵无花果树。又有些
时候玛利亚是那个儿子，我则是那个父亲，双手紧握，压制着玛
利亚。

　　因为被流放的日子生活艰辛，我布满伤疤的双手干枯得如死尸一般，手掌的纹路仿佛干涸的河床，又像土坑、裂缝、河道，都被无情的大旱晒得翻出地面。我的双手，布满疤痕和老茧，指甲也是断裂的。有时我觉得这双手不是我的，而是流放的惩戒。然而，它们曾经那么温柔地抱着玛利亚；也是在这双手的触碰下，她表现得时而温柔，时而狂野，时而霸道。如今，这双手本身仿佛已经成了旱灾的一部分，它们曾经装满生命的潺潺流水，年轻时由衷的笑声，甜美香醇的幻想。现在，这双手已经破败不堪，而曾经它们多么努力地想要突破过去及现在的枷锁，去创造、去建设一个新的未来。这双手从来未曾触碰到我自己孩子的脸颊，就已经变得一无所用。玛利亚离开后，旱灾席卷了我的世界，我的手已毫无用处。

　　她手臂纤细，十指修长，形状小巧，尽管像我的指甲一样，她的指甲也已经失去了自然的光泽，还有点小缺口。但她懂得自己的优势，有时温柔，有时热情。她比我高一个头，双腿修长而又丰满，我们一起在雷萨皮山谷散步时，她有时走得比我还快。我把这山谷取名为雷萨皮，是因为这是我家乡的名字。小时候我在那儿学习钓鱼，学习游泳，然后美美地躺在软软的厚厚的绿草地上闭上双眼放松自己。我的脑中回响着乌鸦哇哇的叫声，奶牛哞哞开心地在草地上吃着嫩草，河对岸罗伯特先生家四面竖着篱笆，上面写着：严禁进入。夏天到来时，白人们会在河上举办橡皮船大赛，有时他们会允许我去观看，看着他们的船随着缓缓流动的河水摇摆着向前行驶。但是有一天，有人在河里淹死了，于是父亲不再让我去河边玩。他说那个淹死的男孩会变成一条人鱼，想要找人去水底陪他。水是好东西，但里面不能有人鱼。我第一次做噩梦，就是梦见了一条白色的人鱼突然出现在我的房间里，舔着它巨大的下颚，走到我的床前说："来吧，来吧，跟我走吧。"接着它抬起手，在我脑后的墙上画了一个圈，又说："除非你来找我，否则这个圈会一直滴着血。"我看了看他的手，他的手指上结满了网，每根手指之间有青灰色的皮肤连着。随后，他伸出食指，碰了碰我的脸颊。我感觉就像是被一只烧得发烫的长钉刺了一下，我大叫起来，却听不见自己的声音，他们就要破门而入了，我越喊越响，我的木门裂得粉碎。父亲冲进来，大发雷霆。这时，人鱼消失不见了，取而代之的是一只黑色的青蛙，它蹲在地上。第二天，有个巫医来帮我做了检查，摇了摇头说，是一个仇人对我下了药。他指的是芭芭拉的父亲。我的父亲买了一些药性很强的药，以其人之道还治其人之身，使得芭芭拉的父亲因为对我所做的事而自食其果。后来，他们在我脸上和胸前割开了几道口子，边按摩边把黑色的粉末涂在上面，提醒说一旦我再次靠近水，就必须自言自语："救救我，祖父。"我的祖父已经去世了，但他们说他的灵魂一直都在保护着我。他们生了一团火，把那只黑色的青蛙丢了进去，那个巫医说他看见这只青蛙在芭芭拉父亲的花园里烧成了灰烬。但是对墙上的那个圈，他们无能为力。因为除了我，没有人能看见它。不久之后，我的视线模糊了，从此以后我就得戴上眼镜。不过那时，就算戴上眼镜，每次我踏进房间时，还是看到那个圈在快速地上下跳动。人鱼触碰过我的地方肿起了一个脓包，母亲烧水时加了很多的盐，帮我把脓挤出来后，用盐水擦拭。从那之后我身体恢复了一些，但脸上就此留下了一个黑色的斑点。不久之后，芭芭拉的父亲发了疯，有一天，他的尸体被穿着黑色潜水服的救生警察从河里捞了上来。他的脸有几处擦伤，全身赤裸，看起来好像是河里有什么东西想要吃掉他——他的屁股上有好几处奇怪的牙印，肩膀也被吃掉了一部分。手也被什么东西啃过了，像是有东西要把他的手从他的手臂上扯下来。

每天早晨太阳升起时，山谷中都会起一层薄薄的雾，与阳光相互辉映，形成一幅幅图像，看起来仿佛都是我所认识的人的模样。雾气之中的形状有些模糊，但是看起来却如此真实，以至于我都不知道该回想些什么。基于我自己的生活经历和我所见过的人，我给这个山谷取了个名字。但当时光流逝，这个没有一滴水的山谷——已经被一种势不可当的压迫感所牢牢控制，失去活力——它散发出特有的雾气，压倒了我的一切想象。最终，所有的烟雾、火、人脸和其他形状积聚在一起，仿佛有东西马上要爆发，以至于我都不知道哪一处山谷才是真正的雷萨皮。由于极度缺少水和食物，我的体力每况愈下。再说我本来就不强壮。太阳如此暴虐地侵袭这个地区，使得惊人数量的虫子在这里聚集：苍蝇、蚊子、蝉、蜘蛛及蝎子。蝉对人是有好处的，其他的那些虫子只会猛然间咬我一口，咬得我备感疼痛。这里的昼夜温差悬殊，对我而言，也是巨大的折磨。从我小时候起，父母就教育我不能束缚和扼杀自己的想象力。因此，我就任由自己的思想飞跃，以至于有时使自己都感到惊慌。所有这些都让这山谷变成了一个有生命力的生物，好像活生生地站在我的门前。玛利亚画在墙上的那个圈也动起来了，持续不断地改变颜色，周而复始地破裂、组合，先是变成十字架的形状，接着又回到圆圈的形状，滴着鲜血，顺着墙往下流，直到我在睡梦中尖叫起来。仿佛是我这个人同时存在于许多不同的时间、不同的地点。无论我是醒着还是在睡梦中，都是一样的感觉。我的脑中隐约感到一种刺痛，这时，我好像是在对着山谷中所有的事物说话，而不是对着我自己说话。

　　一天早上我醒来的时候，立刻感觉到出事了。我动不了了，我的身体、手脚都动不了。起初，我以为是夜晚有什么东西把我绑着，从床上拖到地上，但我感觉不到有任何东西绑着我。当我意识到是怎么回事，我几乎哭了出来——但只能屏住呼吸，因为这儿没有任何人能听见我的声音。在我睡觉过程中，我的头发扎进了地板，像树根一样四处延伸，我的手指、脚趾、静脉和动脉血管都扎进了大地。我想我已经被变成了某种植物。正当我为这感到痛苦，我突然发现我的皮肤变成了树皮的深棕色。我自言自语地说，终于还是发生了。就在我对自己说着话时，我发现墙上的圆圈开始滴血，并往下流：玛利亚出事了。我的眼睛、耳朵都好像麻木得毫无感觉，但奇怪的是，我能看见，也能听见。我不知道自己在那里躺了多久，也不记得我躺在那儿与那狂热的、错乱的精神斗争了多久，这种混沌与错乱的感觉很快就将我吞噬了。我眼睛一动不动地看着玛利亚的生命在墙上滴着血，我这么专注，以至于在我眼中，除了这个滴着鲜血往下流的红色圆圈，其他什么也看不见。

这种感觉就像是人睁着眼睛在睡觉。

外面传来的脚步声停在我的门口，我听见了粗重的喘气声。东南风刮过时，房顶咯咯作响。接着，呼吸声停止了。风也停止了，房子也不再咯咯作响。我突然意识到那脚步声其实是来自我的内心，是我那颗旧心脏跳动的声音，我的过去又开始进入我现在的生活。门没有开，但我能清晰地看见她。几乎就是皮包骨头，瘦骨嶙峋，坐在一根树干上。而我，就是那根树干。我不知道她在那儿坐了多久。她在哭泣，那清澈的、银色的泪水像玻璃的颜色一样，从她那没有眼珠的眼窝里不断涌出来。她的头靠在手掌之间，而手臂则轻靠在她的双膝之间。她的前排牙齿中间含着一个银色的纽扣。我认得那个纽扣：那是很多年前，我给她买的一件外套上缝着的纽扣。她绝望无助地咬着那个纽扣，这个画面让我感到极度悲伤，我甚至没意识到我的根已经被斩断，现在我能做的就是包扎我的伤口，再一次——不过这次是用一个新的角度——重新走一走这个山谷。房子又开始嘎吱作响，东南风呼呼地穿过门，含糊不清地唱着歌。那些可怕的脚步声慢慢退去，最后只有隐约的回音敲打在我的胸口。

从那之后，太阳就再也没有升起。我不知道它躲到哪里去了。也许它沉入了海底深处，就是那条巨大的人鱼生活的地方。总之，夜晚也没有降临；它也躲进了那片深沉的大海，那里是人鱼的家。天空中布满人鱼脸的形状，甚至连星星都变得面目狰狞，变成了很多人鱼。它们都想找寻同伴。它们都盼望着拉上我成为它们当中的一个。但我保持警觉，总是咀嚼那个银色的纽扣，因为只有它才能把那些人鱼赶跑。

昨天，我在山谷中遇见了芭芭拉的父亲。

"我一定会抓到你的，你这个淘气鬼！"他大声吼叫着。

但是我紧紧咬着这颗银色的纽扣，把自己变成一条鳄鱼，张开长着尖牙的大嘴对着他笑。

他立刻把自己变成一阵雾，我能咬到的，仅仅是一口口的空气。

我正对着他大声咒骂，一个陌生的声音在耳边响起："你以为这全都是政治的原因，对吧？"

但是并没有人在旁边说话。

我冷笑着说："不是吗？"

接着我勉为其难地把自己变回人形。我决定把这些都写下来，是因为不知道那条发着恶臭的人鱼什么时候会把我带走。玛利亚，如果你能读到这些——因为发烧，我的脑袋好像在咆哮着，我几乎不知道自己写下了些什么——我觉得那些人鱼已经出现，破坏了我思考的能力——如果你读到这些——我想芭芭拉的父亲就要来抓我了，整个天空、大地、空气中都是和他一样的魔鬼，我也变成和他们一样了——我希望自己能给你一个孩子——我的头！——所有的大人都是人鱼，但要记住，也许孩子们还有机会——我的头！

我这一辈子都过着像人鱼一般的生活。玛利亚，你离开我是对的。我必须走了。

黑 皮 面 具

在这一群人当中，我的黑皮肤实在是显而易见。每次我外出，就觉得它不自觉地绷紧、僵硬、扭曲。只有当我站在阴影之中，或是独处，或是清早醒来，或是做一些机械性的工作，或是……奇怪的是，我感到愤怒时，才觉得我的皮肤有一丝丝的放松。当我坐下来开始写作，它又开始忸怩作态，让人感觉很不自然。

它就像一个不会说话的伙伴：喜怒无常、顽固、自我，占有欲强——有时甚至是冷酷无情。

我曾经也有这样一个朋友性情如此。最终，他割开了自己的手腕，现在住在一间疯人院中。我曾经思考他为什么会做出那种决定，但至今仍然没得出结论。

他一天到晚都在洗澡——一天之内至少要洗三次。他用上各种护体乳和除臭剂，试图去迎合那控制了他的思想。与其说他在洗身体，还不如说是摩擦身体，直到流血为止。

他还努力洗刷舌头。其实也就是试图提高英语水平，克服说话时的口音。听他说话简直就是一种折磨，这和看他企图洗磨自己皮肤上的黑色一样，让人感觉到极大的痛苦。

他还倒腾他的头发，那种做法是上帝永远都无法允许任何人去做的。

他买了很多衣服，整个商店的衣服都被他买下了。假如说人靠衣装，那么很显然，他是像模像样的。他的鞋子样式高雅，就算是大象穿着，也是步履轻盈。为了做这些鞋子而遭受杀害的那些动物一定在自己的坟墓里大声说着：好棒，伙计。

但他还不满意，他希望身边的每一个非洲人都要跟随他的样子。毕竟，如果一只大猩猩学会了喝茶，还学会了如何在电视上对喝茶进行促销，如果同样由上帝创造的其他猩猩还在那儿继续抓挠虱子，口中吱吱叫着罗兹罗兹，尾巴挂在树上，吃着香蕉，那这又有什么好的呢？

当然，他是好心的，只是很委婉地向我表达他的想法。我们那时正要去牛津市政厅参加新年舞会。

"你身上的牛仔裤从来不换吗？"他问。

"我就只有这么一条。"我说。

"那你的钱都用在什么地方了啊，哥们？喝酒？"

"是啊。"我边说边摸摸口袋。我拿钱买酒、纸及墨水。这些就是我的职业工具。

"你该多注意一下你的外表，你知道吗？我们可不是猴子。"

"我这样就感觉很舒服。"

我咳了一声，他知道这声咳嗽的用意，于是全身紧张了起来，仿佛有人要揍他似的。

"如果你有钱的话，"我语气坚定地说，"借给我五英镑。"

他也同样坚定地回答我："我不当债主，也不当负债人。"他引用了一句别人的话。

他想了一会儿，又说："我们俩体型差不多。穿上这件外套。你喜欢的话就拿着穿吧。还有这五英镑。"

这就是他向我表达看法的方式，一直都是这样，直到那天他割开手腕。

但是故事并未就此结束。

单单看外表，无论你穿着有多昂贵、多体面，都是会被人质疑的。每次他开口说话，都会被人嘲笑。逻辑，这是他自认为具有魔力的一个词，但可惜的是那样的话题很快就会让人感到枯燥，即便是那些最厚颜无耻的所谓非洲态度追寻者的人类学家也一样。我的第一兴趣在酒精，最后才是别人的陪伴。但是他——我的天——为了和大家交往，总是谈论政治话题。可是那一群人当中，有几个正常的会在意罗德西亚的事？对于这事实，他永远都不明白。

上帝啊！说起跳舞，他让自己看起来简直就像一只猴子。他总是认为如果有个女孩接受他的跳舞邀请，就意味着她愿意让他摸摸、揉揉、挤挤、亲亲，直到最后在舞池里让他干一次。但是那些女孩子对他都够绝情的。这样，他就不会再去邀请别人，剩下的只有一片寒冷的寂静。

他感兴趣的那种女孩，我可不在意。他喜欢那种刻板、高智商，看起来还比较端庄的类型。这种女孩见到他都会急切地想开启下面这种话题："你在哪里读书？"

"……你呢，在哪里？"

"……"

停顿。

"你读什么专业？"

"……你呢？"

"……"

停顿。咳嗽。

"我来自津巴布韦。"

"那是什么地方？"

"罗德西亚。"

"哦，我是伦敦来的。嘿（明显不感兴趣），史密斯就是个混蛋，对吧？"

他急切地说："事实上，我刚刚就和伊恩·史密斯等人……在非洲社团宣读了论文呢。"

（打着哈欠）"有趣，真有趣。"

"史密斯等人……（突然）你想跳个舞吗？"

吃了一惊："好呀……我……为什么不呢？"

这就是他的情况。他就是这样子的，直到那天割破手腕。

但是故事并未就此结束。

一天晚上，我们走在路上，去参加大学文学社团聚会，一个黑人乞丐过来和他搭讪。

那时，他就像是被一个麻风病人碰到一样，快速从那人身边退回来。而凑巧的是，我之前认识那个乞丐。平安夜，我碰巧和他在卡法斯塔的椅子上一起喝过威士忌。

由于心生厌恶，极度反感这样的人，整个聚会期间他都在谈论这件事："一个在英国的黑人怎么能放纵自己变成一个乞丐呢？这下子该有很多事要做了，特别是在南非。我可是希望要……"

"来一杯吧。"我递给他一杯酒。

他接过酒杯的样子仿佛是上帝从撒旦那里接过了什么东西。

"你喝的太多了，你知道吗？"他叹了口气。

"你为自己喝的太少了。"我说。

那乞丐的事带给他的折磨比我想象的还要多。我们回到学校后，他无法入眠，又拿着一瓶红葡萄酒来房间找我，我喜欢这酒，就与他一直狂饮到天亮，直到那时，他才停止咒骂那些不可理喻的黑人杂种。因为倒在椅子上睡着了，他才停口。

这就是他割腕之前的情况。

但是故事还有另外一面。

比如，他认为他其中一个老师不"喜欢"他。

"他没必要喜欢任何一个人，"我解释道，"对你也一样。"

但他听不进去。他按得自己手指咯吱响，说："我要给他寄一张圣诞新年贺卡，这是钱能买到的最好的东西。"

"为什么不拿钱去买瓶蓝仙姑酒？"我问。

瞧他看着我的那种眼神，我明白我快要失去这个朋友了。

比如，他曾经暗示我，假如校长或其他任何老师问起我是不是他朋友，我应该否认。

"为什么？"我问。

"你真的喝的太多了，你懂吗？"他一脸严肃的表情，"我看恐怕有一天你会行为不端的，知道吗？比如，我听说你在一个啤酒吧挑起事端，还有在食堂里，以及谷物市场，当时警察都被叫来了，还有一次在你房间楼梯上……"

我笑了。

"我帮你洗西装，送去你房间吧。"我坚定地说，"那五英镑也还给你了。一切都没问题。你在大厅里吃饭吗？如果你去那儿，那我就不去了，否则太难以忍受了。我们是这间大学里仅有的两个非洲人。我们怎么可能避开对方？究竟是什么原因呢？"

他皱起眉头。是哪里痛吗？他近来开始抱怨他失眠、头痛，他的眼镜度数过浅，让他看不清楚周围很多事。肯定是他的眼睛里掉进了东西，才感到剧痛。

"我说，忘了我刚刚说的吧。我才不在乎他们怎么想。和谁做朋友，这是我自己的事，不是吗？"

我直视他的眼睛："别让他们往你脑子里塞一堆狗屎。或者就将那些狗屎直接喷吐到他们脸上。但是千万不要用他们那种腐烂的思想来评论我。"

"我们打网球去吧。"过了一会儿他说。

"不行啊，我还有事呢。"我说。

一言不发，他转了过去。我的目光追随着他，但愿他不会一时激动就去向满嘴道德的老师汇报——那个其实就是不看好他的老师。这就是他的情况。他的情况就是如此，直到他割破手腕。

但是故事必须还有另外一面：关于性的那一面。

牛津的黑人姑娘——不管她们是非洲人、西印度群岛人，还是美国人——统统看不起我们这些来自罗德西亚的人。毕竟，我们还未赢得独立。毕竟，报纸上文章里都在宣传我们经常有内部冲突和矛盾。还有很多其他理由，黑人姑娘们都愿意相信。所有这一切真是令人不快。我们已经成了——而事实上我们也正是——非洲的犹太人，没人愿意要我们。那些垃圾白人蔑视我们就已经很糟糕了。如果两个同胞之间还互相排挤、针锋相对，那将是个更加疯狂的情景……关于这些，他需要了解。

不管事情怎么样，我不在乎。痛饮几杯比要几个姑娘好多了，即便是黑人姑娘。但是他忧心忡忡。他与一个在厨房工作的西印度群岛姑娘勾搭上了，还把事情弄得一团糟。因为我了解他，用"失魂落魄"来形容他，已经是最保守的词了。

"可我们都是黑人啊。"他还执着于此。

这又是一个狂饮着红葡萄酒直到天亮的日子。

"你还不如对一个民族阵线的恶棍说我们都是人类呢。"我说。

"也许黑人男子对她们来说不够好吧，"他满腔愤怒，"也许她们唯一做的事就是成天做着梦，希望自己被那些白人家伙疯狂地干吧。也许……"

"我听说你每天都在那厨房附近晃荡。"

他坐了起来。

就是因为这事，我很快要失去这一个朋友。

他悲伤地叹了一口气，第一次——我一直都在期待着他有一天这样——从他口中爆出一连串粗俗的脏话。

"从现在开始，要不就找白人姑娘，要不就谁也不找。"

"这你今天不是试过了吗？"我提醒他。

他抓了一下椅子的扶手，慢慢舒了一口气。

"为什么不试试男人？"我边说边把杯子再倒满。

他睁大了眼睛，朝我吐了一口口水："你真是恶心到家了，你知道吗?"

"我就知道你会是这种反应。"我说着,不想再和他说下去。但还是使出了最后一招:"或者就自己爽自己咯。我们不是都这样做吗?"

那一瞬间,他发怒了——装满了手中的酒杯。

接下去我们默默地喝着酒,各自沉思,感觉这一小时过得真是漫长。

"他们会开除我。"我说。

"什么?"

听上去他那么惊讶,其实说明他还是关心我的。

"如果我不自愿去沃尼佛德接受治疗。"我加了一句。

"沃尼佛德是什么地方?"

"一个精神病治疗单位,"我说,"在今天中午之前我必须做个决定。在自愿接受关禁闭和被开除两者之间做出选择。"

我把沃尼佛德那张字条扔给他看,上面大概就写着那个意思,他把它打开。

他吹起了口哨。

口哨的声音几乎让我宽恕他的一切,宽恕他这个人。最后,他问:"你决定怎么做?"

"开除就开除吧。"

"但是……"

我打断他："这是生活中唯一一个我知道最后会被证明是正确的决定。"

"你会继续留在英国吗?"

"会。"

"为什么不回非洲,加入游击队员的战斗? 你一直都比我要激进一些,这会是你的一个机会……"

我打了个哈欠。

"你的杯子空了,"我说,"好好地看着我,看着我的脸,想想你对我的所有了解,然后再告诉我,你觉得眼前的我像不像一个具有奉献精神的游击队员。"

他看着我。

我倒满他的酒杯,就在他细细观察我时,我又打开了一瓶酒。

他点燃一根烟,不怀好意地看着我。

"你就是个乞丐,"他态度坚决,"你就像我们上次见到的和我搭讪的那个乞丐……"

"我知道。"我打了一个嗝。

他看着我。

"你会怎么做?"

"写作。"

"你拿什么过活?"

"船到桥头自然直,我希望是这样。"我说。

那是我们最后一次边聊天边喝酒度过一个又一个小时，直到丝丝阳光透过整夜开着的窗户透透亮亮地照进屋子。他安静地在椅子上睡着了，我匆匆忙忙地去吃我在大学里的最后一顿早餐。

雪 中 的 思 想 轨 迹

天空阴暗已久。我的事情进展得很不顺利，心情就像是太阳被巨大的灰色云层所阻挡，十分压抑。我生病已久，发了高烧，不得不忍受药物的作用，还有女房东对我的极大好奇心。她已经表明观点，说我的写作对我有百害而无一利。那个周日的夜晚，天下起了大雪，我看着那一片片鹅毛般的白色雪花从天而降，落在地上，处处堆积。我无法入睡。一种无法压制的躁动一遍遍在我脑中回现，"你疯了，你疯了，你疯了"。这种感觉，就如大雪降临到屋顶，飘向大街、人行道，飘到每一个地方，"你疯了，你疯了，你疯了"。

前一个星期，我在打字机上写完了我的小说，寄了出去，想着自己不用再去思考这件事。但还是有一件又一件事压着我，我把那个邮递员都吓坏了，然后自己又病倒了。随后，我努力振作起来，又开始给一个满脸疙瘩的小男孩上课。显然，他现在对我教授的课程不感兴趣了。他说，他来自尼日利亚，问我对罗德西亚危机还有白人女孩有什么看法。每一次，我都间接地和他说我们应该把注意力放在那篇他还没完成的威廉·布莱克的论文上。但他总是摇摇头，那种感觉让我觉得很不舒服。每次我给他上课，结果最后都变成酒精的较量，因为他带来的不是本该带的作业，而是一瓶瓶毫无疑问让我们备感精神振奋、心情愉悦的东西。只要和英语文学无关，我们无话不谈。为什么我不用本国语言进行写作？他问。我是不是那种蔑视自己传统的非洲人？难道我不应该依靠我们伟大的本民族口头文学，而不是走上模仿卡夫卡、陀思妥耶夫斯基手法的那种写作之路吗？我不工作的时候都做些什么——有女朋友吗？我知不知道自己常常胡扯？不，我说，我并不是这个意思——我的意思是胡扯好的事情。

窗外，湿答答的雪轻轻地堆积，就像是一个人想要忘记那些事情，那些从天而降、悄无声息寸寸堆积的事情，要将我埋葬。冰火两重天的感觉让我无法忍受。我如此寒冷，冷得无法忍受这种极致的刺骨。

这瓦斯的浓烟让我觉得难以呼吸。警犬撕咬嚎叫，吓得学生们魂飞魄散，他们朝着那些脑满肠肥的白人扔石头。四处回荡着警笛声，警察们奔跑的靴子踩在地上也发出刺耳的声音，还有抡起警棍的声音——几棍子打得学生的骨头嘎嘎作响。路人按下照相机的快门，迅速捕捉了这些场景。

足球及板球运动场喷发的浓烟瞬间覆盖了一切。等到浓烟散开，武装警察及士兵们把成群的学生赶到那座旧板球场。装有铁网的囚犯车排成长队依次把那些学生押送到紧急拘留中心。一群白人学生对警察的做法拍手叫好，对那些囚犯冷言嘲讽。一位罗德西亚电视台的摄影师正小心翼翼地拍摄整个事情的经过。身材高大的阿尔赛警犬对着那一车车的囚犯，舔着他们硕大的下巴。

雪中的思想之路——狗屁不通！

随着飞机钻入夜空，离开安哥拉海岸，飞往大西洋上空的那一片空虚之地，我忽然想起当时由于准备极其匆忙，忘记带上我那几副眼镜了。不夸张地说，我就像个盲人一样去往英国。身边其他乘客的轮廓模模糊糊，好像已经和屏幕上克林特·伊斯特伍德拿着手枪浴血突围的样子紧紧连在一起了。我只身一人，一口一口吸着威士忌，我的脑中仿佛感到一种奇怪的空虚在咆哮。我离开的、丢弃的到底是什么呢？我的青春岁月就是一场剧烈的头痛，巨大的饥饿感如飞机发动机一般钻入大脑，发动机震动一大口一大口地吸进空气。那时的我已经感觉到，我将面对的是年复一年的绝望和孤独，我注定会成天与酒为伴，与其他毁灭自我的毒药为伴；我的脑中除了知识一无所有，而它们正燃烧着我，把希望和幻想变成发动机钻进我的身体，到最后，所有的一切将变成无穷无尽的空气。我舍弃了谁？我这华发早生的脑袋还牢牢地长在肩上，我的家人不知道我在何处，甚至不知道我是活着还是死了。我想，他们要是知道现在我正在地球的千里之外，由于政治压迫，苟延残喘地活在这空虚中，是无论如何也不会在意我死活的。我厌恶这全世界，厌恶自怜自艾的态度，厌恶罗德西亚危机，厌恶酗酒成性，厌恶我家老头子的脸透过那扇小窗户盯着我的样子。牛津大学会带来什么不同吗？——我那时知道自己在做什么吗？我们飞过比斯开湾时，天亮了；从上面看下去，雪白的鸽子在向下俯冲，胸前的羽毛如云朵，像在揭露一种事实——被吃掉时，它给人的感觉是坚硬而非柔软。

"我是说胡扯些好的事情。"那尼日利亚孩子重复着说。

我们俩中间隔着一张小桌子，威廉·布莱克的《纯真之歌》和《经验之歌》早已被抛在脑后。

一阵敲门声拯救了我必须回答他问题的命运。我看了下手表就马上知道是谁来了。她走进房间，蜷曲着身子坐在壁炉边的角落里，叽里咕噜地说着天气是多么变化莫测，我能看见这尼日利亚小男孩眼中无声的谴责，随后很快变成了一种对我的挑战。我看我又要重蹈覆辙了。无声的愤怒、令人厌恶的绝望钻进大脑，快将我撕裂，这一次我要敢于斗争。

"我下一节课的时间到了，不好意思。"我屏住呼吸说。

我这辈子都没能控制住我的呼吸。

那尼日利亚孩子看着我，眼神敏锐。他决定不再追问，一句话都没多说，就起身离开了。蕾切尔盯着火炉，从她颤抖的双肩我看得出来，她一定是遇到了什么大麻烦。

"你写完了吗？"

她极力控制自己说话的声音和方式。

"嗯，我已经寄给出版社了。"

她没有转过身来。我拿着眼镜，手有些发抖。

"你不跟我打个招呼吗？"

这是我预料之外的。

我站起身，把手搭在她的肩膀上，但是她突然扭过身来，重重地在我脸上打了一个巴掌。我的天哪——她的脸到底是怎么了？我站在那儿，顶着我这一头像老人一般的灰发，我知道我总是会有些犯傻。

此时，她已经转回去对着火炉。她的肩膀——那对单薄脆弱的肩膀——仍在颤抖。我坐下续了一杯酒，想起那尼日利亚男孩的嘲讽，感到心里阵阵刺痛。他们俩这是要我演绎一出道德败坏的喜剧啊。

"我和他约会，和他睡觉，难道你不在意吗？"她突然问道。

但我是有心理准备的。尽管我知道她离开之后，我会痛彻心扉，此时此刻，我已经准备好心口被插上一刀。难道她真的这么看低我吗？

"蕾切尔，这是你的身体，不是我的，你可以随心所欲。"

我说。

"你知道自己是什么吗？——就是个愚蠢的黑鬼。"她说。

"这不用你提醒，蕾切尔。"我说。

"一个伪君子。"

我的头脑里嗡嗡作响，我感到很虚弱。瓦斯和榴霰弹在我脚下爆炸，我赶紧跳了起来。我拿起一块铺路的石头朝着往前走来的一个警察扔了过去——

我的眼镜颠倒了，把我的灵魂洒了一地。

"我真是不明白为什么会嫁给你，"她说，"我们都结婚五年了，但是只有在开始的五天你和我睡在一起。"

"或许我们已经有个孩子的话……"我随便给了个猜测。

她转身对着我，眼中仿佛有火光闪烁。被我给猜中了，我估摸着。

"我怀孕了。"她低声说。

但凡说起她感到难以启齿的严重问题，她总是声音很轻。

"是他的孩子。"她又说。

我加满酒杯，喝完，又再加满一杯。

"那个尼日利亚男孩的？"

"他不是个孩子了，"她说，"他是个男人，一个真正的男人。哪像你这个无能的孬种。"

"我希望你不要告诉我的母亲，"我说，"假如你执意要和她说，那就请便。"

"我要离婚。"

"随你的便，离就是了，蕾切尔。十七个月之前我就告诉过你……"

"你真以为自己高人一等，是吗？"

"这，蕾切尔，你知道我不是这样的。"

"别叫我的名字！"她尖锐刺耳的声音在天花板和书架之间曲折回荡。

我清了一下喉咙。

"你从来都没有真正爱过我。"她说。

她声音里的自怜自艾，很久以前我就已经感觉到了。那时，我和她一起去北威尔士徒步旅行，过了短短五天快活无忧的日子。我摇摇摆摆地走到醒酒瓶旁边。她则默默地给自己倒上了一杯。

"该死的，查尔斯，为什么——这是为什么？"

她咬着自己的下嘴唇。突然一下子坐在我的椅子扶手上。

"为什么？"她重复地问。

我一言不发。她故意表现得情绪激昂——几乎像是故意演戏给我看似的。

"你知道多久了？"她问。

"早就知道了，久得我已经懂得如何才能不伤害我们之间任何一个人。"我说。门渐渐打开。

　　我靠过去继续往杯子里装酒，她用一只手臂围着我的肩膀，另一只把我的脸扭过去，吻了我一下。

　　门猛地一下被推开，那尼日利亚人怒气冲天地走了进来，嘴里骂着："你这个婊子！你这个该死的婊子！"

　　"查尔斯！"

　　"该死的、不要脸的白婊子！"

　　"查尔斯，别光坐在那儿——他弄疼我了——我是你的妻子啊！"

　　我试着躲开，但是那棍子还是打在了我的脑门边上。

　　"查尔斯，我是你的妻子！"

　　她就在地板上被那个尼日利亚人狠狠殴打。又一个榴霰弹在我身后的墙上爆炸。令人窒息的白色浓烟吞没了我。我屏住呼吸，向穿着制服的身影冲过去。身后的某个地方，我的房东太太手里挥动着一根擀面杖。

　　我一把抓住那尼日利亚人。他还在咒骂："该死的罗德西亚人——先想想怎么独立吧，之后你才能学会怎么打架！"

　　他打得我全身剧痛。我能感觉到鲜血从鼻孔里冲出来。蕾切尔那时还在地上，身边是碎了一地的酒杯。房东太太小心翼翼地走到他身后，一下子把擀面杖砸到他那颗大脑袋上。他瘫倒在地上，不省人事。我正想把脸上的血擦干净，同时感谢房东的及时出现，结果一阵突如其来的剧痛使得我跌倒在地。

当我恢复知觉时，房东太太正在敲打着我的脸，蕾切尔正端着一碗热水，拿着一块毛巾朝我走来。那尼日利亚人已经不知所终。

房东太太要伸手去拿毛巾，但蕾切尔说："你做的已经够多的了。你差点就杀死我的丈夫了，你知道吗？"

房东太太叹了口气，感觉受到了侮辱："都怪我的眼镜。我看不清楚哪一个是那尼日利亚人，哪一个是他，你懂吗？所以我想，还不如把他俩都打倒算了，因为我不知道他们俩中谁是第一个被我打倒在地的。你明白吗？"她一边说一边向下凝视着我。

我紧抿着嘴唇，尽力忍住不笑。

房东太太捡起那根危险的擀面杖，说："这个很好用，你知道吗？那天我丈夫醉醺醺地回家……"

"就说到这儿吧，萨特克里夫·史密斯太太。"蕾切尔斩钉截铁地说。

房东太太抽搐了一下，随即一脸正气地走开了。

蕾切尔向下盯着我看——自从那遥远的五天之后，我第一次感觉到她长大了，比起之前那个十八岁的小姑娘成熟了不少。

"现在去打胎，还不算晚。"她说。

她拧干毛巾，擦去我鼻子里流出来的血。

"你听见我说的话了吗？"

"我要和麦克去吃晚饭——你记得他，对吧，那是你在护校学习时认识的?"

"口吃的那个人?"

我点点头。

随后我纠正了一下说法:"我们俩今晚一起和他吃饭吧。他是全牛津城最好的医生。我们见机把事情告诉他。"

"蕾切尔,"我接着说,"欢迎回家。"

片片鹅毛大雪从阴暗的天空落下。我的小说会被接受吗?蕾切尔会不会再次对我感到厌倦?我还非常虚弱,但我深知内心深处我已经和非洲永别了。屋外白雪发出微微的光,点亮了这孤寂而又苍凉的清晨。基督教堂的钟敲响了四点钟。我又在书房里来来回回踱步,试图赶走那令人恐怖的压抑感,它就像是卡带的录音机,在我的脑中一遍遍重复,永无休止。我望着窗外,想要回头追寻我生命的足迹,却只看见新霁的积雪已经覆盖了我思想的轨迹。

金属线断裂的声音

　　一股愚蠢而盲目的愤怒控制着他。他的脑海里波涛汹涌。治安警察警惕地看着他。远处的水泥墙后，音乐正在有节奏地响起，欢闹的尖叫声音，大家都在享受着自己。他被人从音乐会给赶了出来，随后也试过爬墙从后门溜进去，却被治安警察给抓个正着，只得颤抖着双膝跪地。他都能够闻到自己嘴里吐出来的酒精味。他的衬衫正面沾着血迹，就是在音乐会上跟人打架留下的。他的左眼上有个伤口，右脸颊上有块瘀青。他仍能听见那猛兽般的低嚎，感觉到坚硬的拳头狠砸在身上。前一秒钟他还在载歌载舞，下一秒人们就蜂拥而来，包围着他，对他狠狠地拳打脚踢。一帮黑人扑面而来，把他压倒在地，瞋目切齿，抡起拳头就暴打一顿，直到把他打得四肢摊开，卧倒在地。空荡荡的大街漆黑一片，他像一只肮脏邋遢的狗一样，挣扎着自己站起来。这时眼前走过来一头猪，伪装成年轻治安警察的模样，询问他发生了什么事。

这个世界一直在询问他的事情。音乐会上的事是关于一个女孩儿的。他甚至根本不认识她。在那个拥挤的舞池中，他只是正要开始和她共舞而已。一整个晚上，他都是自己独舞独乐，忽然那个女孩儿对他点头召唤，而后就和他一起翩翩起舞。他甚至想都没有想过这有什么不妥。假如你有思想，这世界就会来干涉你的生活，对你拳打脚踢。这个警察试图干涉我爬墙，还有我的衬衫也沾满了血迹。

整个星期，他都过得像是在地狱一般。孤单一人在公寓里吃着面粉和大豆，努力去创作每周的诗歌。他常常对屋子里污浊的空气感到窒息，努力思考自己生活中的行为是否有了些惯例。克拉肯威尔路上所有的房子都破旧灰暗，一片脏污狼藉，这间公寓也是其中一间。外墙上画满淫秽的涂鸦，沾满小便的污渍，夜猫尖叫着来回乱窜。这是一间十九世纪中期的公寓，贫瘠、荒凉，几乎已经被世界遗弃了。这里住着一群社会底层的乌合之众，有形形色色的人，包括单身汉、瘾君子、毒贩子、胆战心惊的老头老太太、丢了工作的男男女女。大部分人不是"作家"就是"艺术家"。所有人都是那次市内暴乱的受害者，而事实上，暴乱的原因与其说是经济问题，还不如说是解决方式不合理。一整个星期他都待在房间里，埋头苦读，狠做笔记，任何人来敲门他都不答应。他写的是一种自省的道德诗歌，这主题扎根于社会的谎言与虚荣心，细致入微地描绘了黑人进行反叛和保持尊严的差别。当他把这主题层层拨开，联系自己个人最真实的经历时，这种自我解析却苍白无力的描绘很快就让他自己感到恶心。当然，他知道诗歌所要表达的是远远高于人类活动、人类生存的主题。但是，这也会激发那种愤世嫉俗的恶臭味，麻痹了写作。到了周五晚上，他准备要放弃了。也就是那时，他去了考文特公园的非洲人音乐会。此刻，一个警察粗暴地命令他交代他在干些什么，可那是他夜以继日在房间里自我反省、自我挣扎都还没弄明白的事情。他的胸口传来阵阵撕裂的疼痛，大概是肋骨或是其他部位被打断了。

"回去睡一觉，就把这事忘了吧。"警察说。他正想开口回答，却只感觉到一种可怕的发出咕噜咕噜声的东西刺痛着喉咙。他吐出了一团鲜血，整个人摇摇晃晃。星期五的夜晚！家里又有什么值得期待的呢？对，他还有那些书，派翠西亚·海史密斯、P.D.詹姆斯及达希尔·哈米特的作品。这几个月以来，他只阅读犯罪惊悚题材的小说。这三个作家写作技巧高超，至少能暂时抚慰一下孤独对他的侵蚀。这些日子，他不再追求别人的陪伴。太累，太乏味了。要能享受另一个人的陪伴，他就必须把自己灌醉，喝到分不清现实与幻象，才能把最不讨厌的人想象成自己的幻觉，仅此而已。他看了下表，现在是午夜一点半。他拖着沉重的步伐沿着查令十字街往前走，停在肯德基的门口排队，队伍中那些黑人和白人妓女指指点点，偷偷地评论着这个沾满了血迹的人。由于职业原因，她们偶尔也会经历这种暴力行为，因此她们理解，也感到害怕。随着队伍一点点向柜台移近，他看到了她们眼中的怜悯，他就是另外一个购买套餐的社会受害者。

出来的时候天下雨了，打湿了他手上那盒薯条和剩下的排骨。寒风凛冽，包围着他，刮得他衣服翻开来，又一场淅淅沥沥的伦敦雨滴落在他的脸上。他喜欢这种感觉。

这新鲜的、冰冷的雨水把他全身都浇透了，而后漂泊感伴随而来，渗入他的胸膛，把夜晚的苦涩扯了出来。他把最后几滴也喝个精光。眼前是基督教青年会大厦，往右就是带灯的喷泉，蓝绿相间的水花正向上喷涌，就像是一种持续的渴望，只是不一会儿又掉下去，然后又升起，如此循环。他的希望亦是如此。他的梦想——很久很久之前，从中学、大学时代就开始的梦想，是什么呢？一切都开始于非洲，现在他来到了伦敦。深夜里，他向克拉肯威尔路走去，他感到一路彷徨。风雨交加，在他身边咆哮、飞溅，然后越来越冷，好像有千万双手臂伸出来把他击倒。他倾斜着身体，走路的样子就像是逆水而上。他听见自己心跳的声音，那声音和金属丝瞬间断裂时的声音如此相似。连深夜里的寒冷仿佛都是愤世嫉俗的，吉他弦弹奏得飞快——它们在他体内体外不停唱着歌，他听得如痴如醉，在这城市沉闷、潮湿的空气里一边还啃着那排骨和薯条。身后紧跟着他的是其他神秘的人物，他们也可能就是他一生的写照。

　　雨啊！

哈 拉 雷 城 外 的 恐 惧 与 厌 恶

哈拉雷是怎样的一个地方？是夜生活、旅店、酒吧的象征吗，还是日复一日，在那黑暗笼罩的夜晚和黄褐色的黎明晨光交接之时，令人黯然神伤的独自归家之路？四年以来，我都未曾离开过市中心——我对其他地方的了解只来自各种各样的新闻报道，上面谈到不同的政见，谈到合作社的建立，谈到蹲坑厕所的修建。更不用提宾加地区了，据报道，在每个受干旱侵袭的日子里，那里的人们竟然只能吃上一盘油炸的草。

不过有一天，我跑到了拉芬戈拉去看了一下午的艺术展，还有一次看到了一个地方湖水飞溅，景象壮观，当时就觉得精神愉悦了许多。接着我仿佛突然明白了，除了哈拉雷，我对其他地方做不了任何贡献。其他那些地方成天呼喊着需要社会发展官员、文学顾问、医院助手、教师——他们不需要作家。当周围充斥的是贫穷的残酷事实，以及社会动乱的余波，一个作家就再也无法找到理由全心投入写作了。在哈拉雷城里，诗歌阅读活动、作家研讨会都会定期开展，也能方便地找到国际期刊文献，这里也会举办艺术节，因此，这似乎是唯一一片作家想要用墨水耕耘的土地。

除此之外，这是我生平第一次能和一个城市的警察和平相处。过去城市里动荡不安的日子、偏执的妄想都已经消失，现在人们面前是令人激动的、耳目一新的独立国家。罗德西亚人已经从所有有趣的城市角落撤退了出来。我现在走进任何一家旅店，都不会因为肤色感觉到羞愧——不用再任人赤裸裸地嘲笑。我唯一不明白的是，我认识的那些人为什么会痛恨城市生活，反而从他们的乡村生活中得到乐趣呢？对我而言，他们所要忍受的恶劣工作环境，和我自己在哈拉雷的噩梦比较起来，简直是有过之而无不及。当然，他们这帮人豪放爽朗，渴望了解津巴布韦的乡村风景和生活。

我和我的大部分朋友，从来都没有去过维多利亚瀑布、大津巴布韦遗址、卡里巴水库、凯尔湖、奇马尼马尼山脉、文巴山及其他一些著名的景点。我们做梦都没想过能去这些地方——我希望旅游局能读一读我的文章，然后采取相应的管理措施。话说回来，能在乔布斯跳一曲喧闹的迪斯科，在花花公子的舞池里开心地嬉闹，在玛卡布西啤酒馆过一个酒神节，在一个好说话的警察

眼皮底下，在酒窖里疯狂地喝到烂醉如泥，鼾声如雷，日夜都在
大街上列队的妓女、醉鬼、乞丐、流浪汉、小偷、骗子、满口谎
言及被谎言蒙蔽的丈夫们在路边列队乞讨叮当作响的硬币，以及
四角卷曲的纸币，还有什么比这些更好的呢？啊，这就是哈拉雷。
在这里，有一种神秘的生活方式，人们要么提着旅行箱四处游荡，
居无定所，要么在毫无个性的、阴暗又昂贵的房子里居住。大家
不再像过去一样，需要依靠付出的时间过活，而是靠着到处借来
的钱，分期付款，通过黑市及老板们极为勉强地提高一点薪水来
满足需要。在哈拉雷，但凡在夜晚听到一声尖叫，所有店铺都会
立即把门窗紧闭——是谁把谁给杀害了，这与我无关。在哈拉雷，
有成千上万的女学生浓妆艳抹去参加斯卡布斯区布瑞特店的午间
迪斯科，也听得到皇后区的喧嚣吵闹，还有国家体育馆里举办的
乐队表演，以及那些假惺惺的传道者的讲演⋯⋯人们也能去听多
纳讲课。他既是一个业余摄影师，同时又在供电委员会工作，可
以去听他对东部高地视觉盛宴的一番高度赞扬。当然，也可以去
听下赫尔穆特的讲演，他在奇马尼马尼山附近建立了一个雕塑群，
人们能去聆听他讲述这片土地上独特的精神信仰。你还可以走得
更远一些，去弗莱彻中学，去聆听一位名叫乔的老师的话语，你
就能感受到温巴山脉那残破的美。还有弗罗拉和伏克尔，他们曾
经游历过凯尔湖、维多利亚大瀑布、大津巴布韦遗址及其他几个
我们国家相对而言不那么出名的景点，他们的经历为这些地方增

添了许多令人惊喜的共鸣。

在他自己的国家，先知不会赢得尊敬。当老百姓的心穿上了盔甲，这个国家所具备的魅力激不起一点欣喜。或许这就是原因吧。只有那些游客、移居国外的人才能发现和认识我们国家这令人敬畏却又给予我们心灵安慰的独有特性。

但是我也有个解决方法。就是永无休止地喝酒、跳舞、看片、做爱和睡觉，当然，最终会导致自暴自弃。有人问："我的生活就这样了吗？一开始，一桶接一桶地喝着啤酒，确实让人感到兴奋、刺激——可以常常这样喝——但接着而来的就是无休止的堕落。"

爱默尔、乔和多纳怂恿我离开酒桶，驱车去圭鲁。我在津巴布韦的日子里，只去过穆塔雷和哈拉雷及中间几个城镇。除了我的小学、寄宿学校、大学，我既不需要也不愿意去其他地方。从那以后我就移居英国，在那儿待了九年。当我一九八二年回来时，我坚定地停留在哈拉雷，因为这对于我就像一条鱼被扔进那个激不起涟漪的湖一样。我也不想做出什么改变。

但是，当我意识到自己沉浸在哈拉雷对自我的无限放纵中时，好像一切都改变了。总而言之，昨晚我从圭鲁回来了。这感觉和去维多利亚瀑布的经历不同，但我知道这是正确的做法：我学着逃离那个懒惰、软弱的我，戒掉在哈拉雷养成的坏习惯。这次旅行让我最难以忘记的是：我生平第一次尝试了骑马。我还在等着当时拍的那些照片洗出来。

11/

风波不平的夜晚

我不明白郊区的人们都在抱怨些什么。也许在抱怨政府公务员、税收、车辆及办公室里的厉害角色。市区中心机构本来就有很多说不清楚的麻烦事儿，不过第三种关于车的事是个例外。我要不要带上枪在镇上走一走呢？我带枪是为了自我保护而不是攻击他人。尽管在市区，无论何时这都是个好方法，但法律对于携带攻击性武器总是有最终的裁定权。在这里，对于大街上发生的暴力事件，人们都不敢高谈阔论。大家都是那种含糊其辞、捉摸不定的眼神，也没办法了解你指责的人是不是前天晚上抢劫你的罪犯。毕竟，防止被伤害甚至被谋杀的最好方法就是不要直接盯着歹徒的脸看，一旦他知道你事后有可能认出他的脸，他就会狗急跳墙，做出极端恶劣的行为。在麦拜尔就有个人的眼珠被挖了出来，我想是被人用一根树枝给挖出来的。

184

意识到这些逐渐逼近的暴力行为，好像马拉松冠军赛中逼着你再困难也要前进。我们没有必要去关心懦夫，英雄主义是活着的人才能享受的特权。不管怎么说，那一次，朱利叶斯·尼雷尔大道上迅速的、有力的出击就帮我避免了一场对方精心设计的埋伏。我们要保持警惕，清醒地知道战斗的时间和地点——任何一个典型的哈拉雷人都知道市区哪些地区是危险地带，有意识地避开那些地方——这是唯一能够避免被敌人弄得措手不及的方式。这种出其不意正是攻击者最擅长的手段，假如把这从他手中夺走，他就会错误百出了。

可是，当有人借着喝酒，抢起一只戴着指环的拳头向你出击时，如果你能反应迅猛，加上能用上几个隐约记得的武术动作，就有可能让你摆脱被送进帕瑞仁雅塔瓦医院的命运。当然，酒吧里面到处都是空酒瓶。随便拿起一个酒瓶，在桌边把底部敲碎，就可以马上和他们干起来了。这对任何一个企图要打得你牙齿开花的人来说，都有极佳的醒酒效果。无论他们怎么抱怨郊区的生活，市区的生活更加现实，离无穷无尽的血腥、暴力、伤害更加接近。用开瓶器一瓶一瓶地打开酒，一杯接着一杯喝酒，这就是地狱的感觉。（"用你的牙就可以开酒瓶了，白痴。"）

即使所有的努力都无济于事，也不要在沉默中安于现状，要奋力尖叫，仿佛叫得耶利哥古城都要轰然而倒，尖叫吧——还有，够了是吗？只要能把那些袭击者揍成肉饼，那些嘴里说着适可而止的老百姓还是会从家里冲出来。有时候，情况就是这样的，有几次就发生在我住处附近。大多数日子里，他们每天要四处游荡，入室偷窃多达五次。整个街区的人对此实在是忍无可忍。如果只是邻居家遭受了盗窃，那警察就对此完全视而不见。但这一次，每一个人都变成了盗窃行为的受害者，只有把罪犯绳之以法，恶行才能停止。到了第七天，这个罪犯又蠢蠢欲动——这是伟大的神安息的日子——有人大喊一声"抓小偷！"。这次，所有的居民迅速冲出来按住了小偷的脖子。大家没有立即将他就地正法，警察还能把他带走，法官还能对他进行起诉、定罪、定刑，这还算是幸运的了。这消息一定传得很快。从那以后，这个地方就再也没有发生过偷盗事件了。

很显然，女人是暴力行为最大的受害者。不论是她们的丈夫、嫖客、生意上的对手，还是随便一个路人都有可能对她们施加暴力。上个月的某天晚上，我就目睹了两起事件。第一起就发生在国际大酒店外面，那让我觉得非常恶心。一个年纪轻轻的男人紧紧地抱着一个看起来比他小很多的女人——他把她抱得太紧了。我要去假日旅馆，只是路过那里。那个男人野蛮地拉着她，对着女人的耳朵"嘘嘘"，不让她说话。就在这一刻，他举起有力的拳头猛然打在女人的双眼之间。正当她要尖叫起来之时，他又对着她的耳朵，凶狠地说了些什么。我经过她的身边时——看起来却似乎是正常情侣之间的拥抱——但我听到一阵令人心碎的抽泣。

假日旅馆的鼻烟盒里写着："这是发工资的一周，'女人们'都变得精力充沛。"就在我喝完第四杯冰城堡啤酒之后（我正站在酒吧里，旁边没有人和我说话），我偷听到五个身材肥大的男人正商量着要合伙去殴打一个女人，此时那个女人正坐在酒吧的出口附近独自饮酒。我发现他们很严肃地在讨论这件事。我也知道他们不能在旅馆里面动手打人。酒吧快关门时，我把一切都告诉了那个女人。但她当时已经喝醉，听完我的话，她并没有清醒过来，反而变得怒气冲天。那五个男人，边恶狠狠地盯着她看，边走了出去——在外面等着她。我想把她拉回来，可她却用力推开我，嘴里大声宣称着，没有人能够威胁到她。接着，她脱下鞋子，充满挑衅地冲出了大门。一个小时过后，我打电话到警察局，让他们来带走此时已经躺在柏油路上呼吸微存的她。凑巧的是，几天之后，我在国际大酒店喝酒，又碰见了她。她用一种酒鬼们互相感谢的方式对我表示感谢：我一整晚喝的酒全部由她埋单。我要离开时，她对我说，只要我有生理需求，她随时随地都能免费为我所用。这真是个无上的荣誉啊。

在城市中心生活，你就能认识到地狱里各式各样的物种。有时，他们以青少年的形象出现。两个青少年——我当时已是烂醉如泥——把我打了一顿，还从我身上抢走了六十五英镑。我仍然清晰地记得，我对这种暴力已经无动于衷，就算那六十五英镑是那晚我身上所有的钱，我也不那么在意。和其他事情一样，这仅仅是发生在一个非普通情况下，很普通的一件事。和交通事故、偷窃及抢劫事件类似，暴力和适者生存只不过是自然界的另一种现象。事实上，一九八三年的圣诞节，当我在企业路被车撞倒，住进了帕瑞仁雅塔瓦医院，他们最后把住院的费用清单给我看的那一刻，那是唯一一次我对上帝及他的天使——护士产生突然的情绪。一直到上法庭的前一天，我才把钱缴清。

对城市中心的生活，你不会去抱怨，你只是磨一磨你的牙，伸手——

可怕的哈拉雷

　　这个社会有病。我可不要任何人把这病传染给我。在肯辛顿，在伦敦，他们想要擦擦鼻子然后传染给我，没门！哈拉雷的社会也有病，病因就是金钱。我才不要染上这样的病呢。它使得兄弟姐妹、父母子女之间产生巨大的鸿沟。当你心里满是这种罪恶的贪欲，就不可能心存善心。你明白我说的吗？

　　不可能。不明白？

　　这么说吧。巴比伦本身就是一种压迫。我身处之所、所拥有的身份、做事的方法、做事的原因，全都是一种压迫。并不是外部社会才有，它就在这儿，在我脑中的那所房子里。记得那饥饿之屋吗？

　　还不懂。

　　好吧。让我们从后面开始读，好吗？"baboon"（狒狒）这个单词和"moon"（月亮）这个单词押韵，而且狒狒长得像人，对吧？

对了。

你的身体需要进食。你需要的是食物。你的精神也需要食物啊。那这食物是什么呢？我猜是教育和其他东西。这就是巴比伦开始的地方，你看不出来吗？还是让我们回头看一看。回到历史——历史就是巴比伦，你知道吗？很久很久以前，上百万的先辈被套上手铐，沦为奴隶。很多人就是死于这种疾病。如今我身边就有很多这样的人。但其中也有一些逃进了山里，竭尽全力对抗巴比伦对他们铺天盖地的精神入侵。知道那个人怎么说吗？他说，假如你觉得整个世界都是个错误，那就把你的后脑勺挪到前面来，那样事情就变对了。可是现在还有这个疾病，你看不出来吗？就是这种疾病，这就是巴比伦。此外，你知道吗，当你明白了我说的这种病之后，他们劝说每个人，让他们相信你也是其中的一个病号。每一个灵魂早已死去的人，都无情地对本已体无完肤的你污言秽语。

（态度坚决）我不明白。

看来你真是顽固不化，这问题比较棘手。你的头曾经被巴比伦的X光照过吗？

看这儿——

撩起你的头发。怒气是肮脏的，让人恶心的。可是社会却教会我们很多事，因此当我们遭遇某些情况时，我们必须守护自我的尊严。他们教你要有自尊，但只是以他们认为正确的方式，因此，即便你认为这是你个人的愤慨，看上去也仿佛是对整个巴比伦的愤慨。就是这样，你从自己高度紧绷着的神经当中去感受这个社会。就这么简单啊。

我不紧张——

我没说你紧张啊。

但是你说——

好吧好吧。可你在说话时，知道是以什么身份，为谁在说话吗？你说出的话是代表谁的观点？你一边说着，一边是否能听见其中替你说第一句话的那个人，他的那句话变成了第一个音节，在这世界久久回荡？看看后来的巨大改变吧！还是你说话时，只是做了这个变态社会的传声筒？请牢牢记住，每一个真正的声音都是对传统的再现，也是话语的显著发展，这种声音在干净明亮的空气中震动。

我还是不明白。

假如让我来把你受过的教育全部从你身体里抹去，你就一定能明白。

这简直就是胡言乱语。

有个人被钉上了十字架，因为他的话在世人眼中就是胡言乱语。可是许多国家却以他的话来指导自己的行为。但是当他在说那些话时，代表的是谁的声音呢？通过他来感受世界，只是为了规范一种虚伪动物的行为吗？

（一阵嘲笑）我听你们这些塔法里教徒说他就是海尔·塞拉西。

简直就是胡扯。无论哪种生活，都有其疯狂的一幕。当然，正是这种疯狂证明那些塔法里教徒都是胡说八道。对我来说，塔法里教徒扮演的恰恰就是反抗者的角色，多多少少。他们对抗一切贬低人类的事物，对抗一切企图破坏人类团结与传承的事物，对抗贫穷、压迫，对抗一切内心深处的贪婪、残忍和冷漠……这也就是我之前为什么说巴比伦不仅仅存在于外部世界，它还深深扎根于我们内心……我们再回顾一下吧。在牙买加，奴隶们挣脱枷锁，跑到山上，他们就是真正的塔法里教徒先祖。他们在山上建立了自己自由的领地，倾其所有甚至生命去捍卫保护。如今，塔法里教徒正审视着这个社会。他并没摇头，也没有紧握双手。他将一切付诸行动。他从身心上反对这个变态社会的一切。他升到高高的天空，往下俯瞰这个城市。他充满爱意和善意。可是他的爱意，在巴比伦的角度看起来，却好像是一团又一团的黑漆漆的黄蜂。这就是为什么哈拉雷城里有着可怕的东西。——（哎）怕什么呢？——怕的就是这种仁爱和美德。（笑声）

你们都是理想主义者。

（若有所思）理想主义者？这就意味着你们根本就不懂我刚刚说的……理想主义者？好吧，随便你们怎么认为吧，长官。你们现在可以带我回牢房了。

　　也该是时候了。站起来！

　　　　　　　　一九八五年四月二十三日

浙江师范大学外国语学院
"非洲人文经典译丛"

　　百年来，非洲的文化思想飞速革新，知识分子既尽力重现往日历史传统的光辉，又在全球化的碰撞下迸发出新的思想火花，在文化领域留下了不可磨灭的思想印记。非洲大陆为世界贡献了许多杰出的文学家、思想家、政治家等。在中非合作越来越紧密的今天，人文领域的相互理解也变得越来越迫切，需要双方学者进行全方位、深层次、多角度的系统研究。

　　浙江师范大学外国语学院拥有国内高校首个非洲文学研究中心。中心旨在搭建学术平台，深入战略合作，积极服务于中非文化的繁荣与传播，为推进中非学术和文化交流做出新贡献。

　　国内首套大型"非洲人文经典译丛"以"20世纪非洲百部经典"名单为基础，分批次组织非洲文学作品及非洲学者在政治学、社会学、哲学、人类学等领域的重要专著的汉译工作，在此过程中形成一个高效实干的学术团队，培养非洲人文社科领域的译介与研究人才，构建具有中国特色的非洲文学研究学术话语体系。

浙江师范大学非洲研究院
"非洲研究文库"

　　非洲大陆地域辽阔，国家众多，文化独特。近年来，中国与非洲国家的交往合作迅速扩大，中非关系的战略地位日益重要。目前，中非关系已超出双边关系的范畴而对世界产生多方面的影响，成为撬动中国与外部世界关系的一个支点。

　　浙江师范大学非洲研究院是国内高校首家成立的综合性非洲研究院，创建的目标在于建构一个开放的学术平台，聚集海内外学者及有志于非洲研究的后起之秀，开展长期而系统的研究工作，以学术服务于国家与社会。

　　"非洲研究文库"是浙江师范大学非洲研究院长期开展的一项基础性、公益性工作，秉承非洲研究院"非洲情怀，中国特色，全球视野"之治学理念，并遵循"学科建设与社会需求并重，学术追求与现实应用兼顾"之编纂原则，由国内外知名学者、相关人士组成编纂委员会，遴选非洲研究领域的重大重点课题，以国别和专题之形式，集为若干系列丛书逐步编撰出版，形成既有学科覆盖面与知识系统性，同时又重点突出各具特色的非洲研究基础成果，为中国非洲研究事业之进步，做添砖加瓦、铺路架桥之工作。